TRANZLATY

Η γλώσσα είναι για όλους

Language is for everyone

Το Κάλεσμα του Κθούλου

The Call of Cthulhu

Χ.Π. Λάβκραφτ
H.P. Lovecraft

Ελληνικά
English

www.tranzlaty.com

Η φρίκη φτιαγμένη από πηλό
The Horror Made of Clay

Υπάρχει ένα πράγμα που βρίσκω ιδιαίτερα ελεήμονο.
There is one thing I find particularly merciful.
Η αδυναμία του ανθρώπινου νου να συσχετίσει τα γεγονότα.
The inability of the human mind to correlate events.
Είναι ευλογία που δεν μπορούμε να καταλάβουμε τον κόσμο.
It's a blessing that we can't understand the world.
Ζούμε ευτυχισμένα σε ένα γαλήνιο νησί άγνοιας.
We live blissfully on a placid island of ignorance.
Ένα νησί στη μέση μαύρων θαλασσών του απείρου.
An island in the midst of black seas of infinity.
Και δεν εννοούνταν ότι έπρεπε να ταξιδέψουμε μακριά.
And it was not meant that we should voyage far.
Οι επιστήμες κινούνται η καθεμία προς τις δικές της κατευθύνσεις.
The sciences each strain in their own directions.
Αλλά μέχρι στιγμής τα ευρήματα της επιστήμης μας έχουν βλάψει ελάχιστα.
But hitherto science's findings have harmed us little.
Αλλά κάποια μέρα η αποσυνδεδεμένη γνώση θα ενωθεί.
But some day dissociated knowledge will be pieced together.
Τρομακτικές εικόνες της πραγματικότητας θα μας ανοίξουν.
Terrifying vistas of reality will open up to us.
Και θα βρεθούμε σε μια τρομακτική θέση.
And we will be left in a frightful vantage point.
Είτε θα τρελαθούμε από την αποκάλυψη που μας δίνεται.
We will either go mad from the revelation we are given.
Ή θα φύγουμε από το θανατηφόρο φως που θα δούμε.
Or we will flee from the deadly light that we will see.
Θα τρέξουμε να απομακρυνθούμε από τη γνώση που πάντα επιδιώκαμε.

We will run from the knowledge we had always pursued.
Και θα αναζητήσουμε την ηρεμία και την ασφάλεια μιας νέας σκοτεινής εποχής.
And we will seek the peace and safety of a new dark age.
Οι Θεοσοφιστές έχουν μαντέψει την κλίμακα του σύμπαντος.
Theosophists have guessed at the scale of the cosmos.
Ο κόσμος μας δεν είναι παρά ένα παροδικό περιστατικό σε αυτόν τον κύκλο.
Our world is but a transient incident in this cycle.
Η ανθρώπινη φυλή παίζει μόνο έναν μικρό ρόλο στο σύμπαν.
The human race plays but a little role in the universe.
Οι θεοσοφιστές έχουν υπαινιχθεί παράξενες μεθόδους επιβίωσης.
The theosophists have hinted at strange methods of survival.
Αλλά οι προτάσεις τους θα πάγωναν το αίμα ενός λογικού ανθρώπου.
But their suggestions would freeze a rational man's blood.
Μόνο η αισιοδοξία των ιδεών τους κρύβει τη φρίκη.
Only the optimism of their ideas hides the horror.
Αλλά δεν είναι οι ιδέες τους που με ανατριχιάζουν περισσότερο.
But it is not their ideas that chill me the most.
Είναι κάτι άλλο που με γεμίζει τρόμο.
It is something else that fills me with terror.
Η μοναδική ματιά σε απαγορευμένους αιώνες που έχω δει.
The single glimpse of forbidden eons I have seen.
Όταν σκέφτομαι τι είδα, το αίμα μου σταματάει.
When I think of what I saw my blood stands still.
Η ανησυχία βασανίζει τα όνειρά μου από εκείνη τη στιγμή και μετά.
Restlessness plagues my dreams since that glimpse.
Μου ήρθε σαν όλες τις τρομερές αναλαμπές της αλήθειας.
It came to me like all dreaded glimpses of truth.

Ένα τυχαίο συναρμολόγηση χωρισμένων πραγμάτων.
An accidental piecing together of separated things.
Ένα παλιό άρθρο εφημερίδας και οι σημειώσεις ενός νεκρού καθηγητή.
An old newspaper item and the notes of a dead professor.
Σε μια στιγμή όλα συναρμολογήθηκαν μπροστά μου.
In a flash everything was pieced together before me.
Ελπίζω κανείς άλλος να μην καταφέρει να κατανοήσει αυτή την τρομερή γνώση.
I hope no one else will accomplish this terrible insight.
Σίγουρα, αν ζήσω, δεν θα βοηθήσω ποτέ κανέναν να το μάθει.
Certainly, if I live, I shall never help anyone to know it.
Ποτέ δεν θα προσφέρω εν γνώσει μου ούτε έναν κρίκο σε μια τόσο απαίσια αλυσίδα.
I shall never knowingly supply a link in so hideous a chain.
Νομίζω ότι και ο καθηγητής σκόπευε να σιωπήσει.
I think that the professor, too, intended to keep silent.
Δεν ήθελε να μοιραστεί τα μυστικά που γνώριζε.
He didn't mean to share the secrets that he knew.
Και είμαι σίγουρος ότι θα είχε καταστρέψει τις σημειώσεις του.
And I'm sure he would have destroyed his notes.
Αν δεν τον είχε καταλάβει ένας ξαφνικός και ύποπτος θάνατος.
If he had not been seized by sudden and suspicious death.

****

Η γνώση μου για το θέμα ξεκίνησε τον χειμώνα του 1926-27.
My knowledge of the thing began in the winter of 1926-27.
Ο θείος μου ήταν ο καθηγητής Τζορτζ Γκάμελ Άντζελ.
My great-uncle was the professor George Gammell Angell.
Ήταν ομότιμος καθηγητής σημιτικών γλωσσών.
He was the Professor Emeritus of Semitic languages.

Δίδαξε στο Πανεπιστήμιο Μπράουν, στο Πρόβιντενς του Ρόουντ Άιλαντ.

He lectured in Brown University, Providence, Rhode Island.

Ο θάνατός του, σε ηλικία ενενήντα δύο ετών, πυροδότησε το γεγονός.

His death, at the age of ninety-two, triggered the event.

Ήταν ευρέως γνωστός ως αυθεντία στις αρχαίες επιγραφές.

He was widely known as an authority on ancient inscriptions.

Επικεφαλής εξέχοντων μουσείων τον επισκέπτονταν για να ζητήσουν την εμπειρία του.

Heads of prominent museums came to him for his expertise.

Έτσι, ο θάνατός του έγινε αντιληπτός από πολλούς εντός των ακαδημαϊκών κύκλων.

So his death was noticed by many within academic circles.

Το ενδιαφέρον εντάθηκε από την αφάνεια του θανάτου του.

Interest was intensified by the obscurity of his death.

Συνέβη καθώς αποβιβαζόταν από το πλοίο του Νιούπορτ.

It occurred as he was disembarking from the Newport boat.

Μάρτυρες λένε ότι ένας μελαχρινός τύπος με ναυτική εμφάνιση τον είχε σπρώξει.

Witnesses say a dark nautical-looking fellow had jostled him.

Αφού χτυπήθηκε, έπεσε ξαφνικά, λένε μάρτυρες.

After being stricken, he fell suddenly, witnesses say.

Οι γιατροί δεν μπόρεσαν να εντοπίσουν καμία ορατή διαταραχή.

Physicians were unable to find any visible disorder.

Μετά από μια περίπλοκη συζήτηση κατέληξαν στο συμπέρασμά τους.

After some perplexed debate they reached their conclusion.

«Πρέπει να ήταν βλάβη στην καρδιά», συμφώνησαν.

"It must have been a lesion of the heart," they agreed.

«Άλλωστε, ήταν μάλλον ένας ηλικιωμένος άντρας», πρόσθεσαν.

"After all, he was rather an elderly man," they added.

«Η γρήγορη ανάβαση του απότομου λόφου προκάλεσε το τέλος του».
"the brisk ascent of the steep hill caused his end."
Εκείνη την εποχή δεν έβλεπα κανένα λόγο να διαφωνήσω με αυτό το ρητό.
At the time I saw no reason to dissent from this dictum.
Αλλά τελευταία τείνω να αναρωτιέμαι για το συμπέρασμά τους.
But latterly I am inclined to wonder about their conclusion.
Και δεν αναρωτιέμαι απλώς αν είχαν δίκιο.
And I do more than just wonder if they were right.

***

Ο θείος μου πέθανε μόνος ως χήρος άτεκνος.
My grand-uncle died alone as a childless widower.
Και έτσι έγινα κληρονόμος και εκτελεστής της περιουσίας του.
And so I became heir and executor to his possessions.
Έτσι, αναμενόταν να εξετάσω τα έγγραφα και τα γραπτά του.
So I was expected to go over his papers and writings.
Μετέφερα ολόκληρο το σετ αρχείων και κουτιών του στο σπίτι μου στη Βοστώνη.
I moved his entire set of files and boxes to my Boston home.
Πολλά από τα υλικά που συγκέντρωσα θα δημοσιευτούν αργότερα.
Much of the materials I collected will later be published.
Πολλοί ακαδημαϊκοί στον τομέα του έδειξαν μεγάλο ενδιαφέρον για το έργο του.
Many academics in his field took great interest in his work.
Η Αμερικανική αρχαιολογική εταιρεία βασιζόταν σε μεγάλο βαθμό σε αυτόν.
The American archeological society relied on him greatly.
Αλλά υπήρχε ένα κουτί που το βρήκα εξαιρετικά περίεργο.
But there was one box which I found exceedingly puzzling.

Ένιωθα πολύ απρόθυμος να δείξω αυτά τα αρχεία σε άλλα μάτια.

I felt much averse from showing these files to other eyes.

Το κουτί ήταν κλειδωμένο, σε αντίθεση με τα άλλα κουτιά.

The box had been locked, unlike the other boxes.

Και αρχικά δεν βρήκα κανένα κλειδί που να άνοιγε αυτό το κουτί.

And initially I found no key that would open this box.

Αλλά τότε μου ήρθε στο μυαλό η τοποθεσία του κλειδιού.

But then the location of the key occurred to me.

Ο καθηγητής κουβαλούσε πάντα ένα μπρελόκ στην τσέπη του.

The professor always carried a keyring in his pocket.

Ήταν πράγματι ένα από αυτά τα κλειδιά που άνοιξε το κουτί.

It was indeed one of these keys that opened the box.

Αλλά μέσα στο κουτί υπήρχε ένα ακόμη πιο σφιχτά κλειδωμένο φράγμα.

But in the box was a still more closely locked barrier.

Ποια θα μπορούσε να είναι η σημασία του παράξενου ανάγλυφου;

What could be the meaning of the queer bas-relief?

Διάφορα αποκόμματα χαρτιού συνόδευαν το ανάγλυφο.

Various paper cuttings accompanied the bas-relief.

Σε τι αναφέρονταν οι ασύνδετες σημειώσεις και οι περιττές εξηγήσεις;

What did the disjointed jottings and ramblings allude to?

Μήπως ο θείος μου είχε γίνει εύπιστος σε επιφανειακές απάτες;

Had my uncle become credulous to superficial impostures?

Ίσως στα τελευταία του χρόνια η κριτική του σκέψη να επιβραδύνθηκε.

Perhaps in his later years his criticalness thought slowed.

Κάποιος είχε διαταράξει την ηρεμία αυτού του ηλικιωμένου άνδρα.

Someone had disturbed this old man's peace of mind.

Έτσι αποφάσισα να εντοπίσω τον εκκεντρικό γλύπτη.

And so I resolved to locate the eccentric sculptor.

Ο άνθρωπος που πυροδότησε την παράξενη εμμονή του θείου μου.

The man who set in motion my uncle's strange obsession.

***

Το ανάγλυφο είχε περίπου το σχήμα ενός ορθογωνίου.

The bas-relief was roughly shaped like a rectangle.

Το ορθογώνιο σχήμα είχε πάχος λιγότερο από μία ίντσα.

The rectangular shape was less than an inch thick.

Και το ανάγλυφο είχε έκταση περίπου πέντε επί έξι ίντσες.

And the bas-relief was about five by six inches in area.

Ήταν προφανές ότι το ανάγλυφο ήταν σύγχρονης προέλευσης.

It was obvious that the bas-relief was of modern origin.

Τα σχέδια, ωστόσο, δεν είχαν καμία σχέση με τη σύγχρονη ατμόσφαιρα.

The designs, however, were far from modern in atmosphere.

Οι επιγραφές υποδηλώνουν έναν πολύ παλαιότερο πολιτισμό.

The inscriptions suggested a far older civilization.

Οι ιδιοτροπίες του κυβισμού και του φουτουρισμού ήταν πολλές και άγριες.

The vagaries of cubism and futurism were many and wild.

Αλλά συνήθως τέτοια μοτίβα δεν παράγουν κανονικότητα.

But normally such patterns fail to produce regularity.

Η κρυπτική κανονικότητα που υποβόσκει στην προϊστορική γραφή.

The cryptic regularity which lurks in prehistoric writing.

Αυτή η κανονικότητα ήταν σίγουρα παρούσα στο ανάγλυφο.

This regularity was certainly present in the bas-relief.

Ήμουν βέβαιος ότι οι επιγραφές αντιπροσώπευαν ένα σύστημα γραφής.
I was certain the inscriptions represented a writing system.
Είχα κάποια εξοικείωση με τα χαρτιά του θείου μου.
I had some familiarity with the papers of my uncle.
Και είχα ρίξει μια ματιά σε όλες τις συλλογές και τα έργα του.
And I had looked through all of his collections and works.
Αλλά δεν κατάφερα να βρω κάποιο παρόμοιο κείμενο.
But I failed to find any writing that was similar.
Δεν μπορούσα να τοποθετήσω γεωγραφικά αυτό το αλφάβητο με κανέναν τρόπο.
I could not geographically place this alphabet in any way.
Ούτε μπορούσα να μαντέψω από ποια εποχή προήλθε αυτό το κείμενο.
Nor could I guess from what time this writing came from.
Πάνω από αυτά τα φαινομενικά ιερογλυφικά υπήρχε μια μορφή.
Above these apparent hieroglyphics there was a figure.
Η φιγούρα είχε προφανώς μόνο εικονογραφικό σκοπό.
The figure was evidently only of pictorial intent.
Ο ιμπρεσιονισμός της εικόνας πρόσθεσε στο μυστήριο.
The impressionism of the picture added to the mystery.
Δεν μπορούσε να διακριθεί καμία σαφής ιδέα για τη φύση του πλάσματος.
No clear idea of the creature's nature could be discerned.
Το πλάσμα φαινόταν να είναι κάποιου είδους τέρας.
The creature seemed to be a monster, of some sort.
Ή το σύμβολο αντιπροσώπευε ένα τέρας, κάποιου είδους.
Or the symbol represented a monster, of some sort.
Μόνο ένα άρρωστο μυαλό θα μπορούσε να συλλάβει μια τέτοια μορφή.
Only a diseased mind could conceive of such a form.
Η φαντασία μου παρήγαγε διαφορετικές εικόνες ταυτόχρονα.
My imagination yielded different pictures simultaneously.

Αλλά η φαντασία μου μπορεί επίσης να είναι κάπως
υπερβολική.
But my imagination may also be somewhat extravagant.
Ένα χταπόδι, ένας δράκος, αλλά και μια ανθρώπινη
καρικατούρα.
An octopus, a dragon, and also a human caricature.
Θα προσπαθήσω να μην είμαι άπιστος στο πνεύμα του
πράγματος.
I shall try not be unfaithful to the spirit of the thing.
Ένα χονδρό, με πλοκάμια κεφάλι υψωνόταν πάνω από
ένα φολιδωτό σώμα.
A pulpy, tentacled head surmounted a scaly body.
Υποτυπώδη φτερά προεξείχαν από το γκροτέσκο σχήμα.
Rudimentary wings protruded from the grotesque shape.
Αλλά το σχήμα του τέρατος δεν ήταν καν το χειρότερο.
But the shape of the monster wasn't even the worst part.
Το φόντο της εικόνας ήταν ακόμη πιο τρομακτικό.
The background of the picture was even more frightening.
Το τοπίο έδινε μια αόριστη υπόνοια ενός άλλου
πολιτισμού.
The scenery had a vague suggestion of another civilization.
Κυκλώπεια αρχιτεκτονική από ένα ξεχασμένο μέρος του
κόσμου.
Cyclopean architecture from a forgotten part of the world.

***

Μόνο μερικές σημειώσεις και αποκόμματα τύπου
συνόδευαν την παραδοξότητα.
Only some notes and press cuttings accompanied the oddity.
Τα αποκόμματα του Τύπου φαινόταν να σχετίζονται
μόνο αόριστα.
The press cuttings seemed to be only vaguely related.
Οι χειρόγραφες σημειώσεις ήταν όλες από τον θείο μου.
The hand written notes were all from my uncle.
Αλλά οι σημειώσεις του δεν προσποιούνταν κανένα
λογοτεχνικό ύφος.

But his notes made no pretense to any literary style.
Δεν υπήρχε μηχανισμός παραγγελίας για κανένα από τα έγγραφα.
There was no ordering mechanism to any of the papers.
Αν και φαινόταν να υπάρχει ένα πρωτότυπο έγγραφο στις σημειώσεις.
Although there seemed to be a master document to the notes.
Αυτό το έγγραφο αποδόθηκε στη λατρεία του Κθούλου
This document was ascribed to the cult of Cthulhu
Τα γράμματα της λέξης είχαν γραφτεί με σχολαστική προσοχή.
The word's letters had been painstakingly written out.
Δεν πρέπει να υπάρχει εσφαλμένη ερμηνεία της ανήκουστης λέξης.
There should be no erroneous reading of the unheard of word.
Αυτό το χειρόγραφο του Κθούλου χωρίστηκε σε δύο μέρη.
This Cthulhu manuscript was divided into two sections;
Το πρώτο χειρόγραφο είχε τον εξής τίτλο:
The first manuscript was titled the following:
«1925 - Όνειρο και Ονειρεμένο Έργο του Χ.Α. Γουίλκοξ»
"1925 - Dream and Dream Work of H. A. Wilcox"
«7 Thomas St., Providence, Road Island»
"7 Thomas St., Providence, Road Island"
Και το δεύτερο χειρόγραφο είχε τον εξής τίτλο:
And the second manuscript was titled the following:
«Αφήγηση του Επιθεωρητή Τζον Ρ. Λεγκράς »
"Narrative of Inspector John R. Legrasse"
«121 Bienville St., Νέα Ορλεάνη, Συναντήσεις του 1908.»
"121 Bienville St., New Orleans, 1908 Meetings."
«Σημειώσεις για το Same, & την αφήγηση των γεγονότων από τον καθηγητή Webb»
"Notes on Same, & Prof. Webb's account of events"
Τα άλλα χειρόγραφα έγγραφα ήταν όλα σύντομες σημειώσεις.
The other manuscript papers were all brief notes.

Μερικά χειρόγραφα περιέγραφαν τα παράξενα όνειρα διαφορετικών ατόμων.
Some manuscripts described the queer dreams of different persons.
Μερικά χειρόγραφα που παρατίθενται από θεοσοφικά βιβλία και περιοδικά.
Some manuscripts cited from theosophical books and magazines.
Αξίζει να σημειωθεί ότι οι περισσότερες από αυτές τις παραπομπές προέρχονταν από τον W. Scott-Eliott.
Notably, most of these citations were from W. Scott-Eliott.
Κυρίως οι σημειώσεις αναφέρονταν στην Ατλαντίδα και τη Χαμένη Λεμουρία.
Mainly the notes referenced Atlantis and the Lost Lemuria.
Τα άλλα σημειώματα σχολίαζαν μυστικές εταιρείες που επιβίωσαν για πολύ καιρό.
The other notes commented on long-surviving secret societies.
Κρυμμένες λατρείες που μπορεί να υπάρχουν ή να μην υπάρχουν ακόμα κάπου.
Hidden cults that may or may not still exist somewhere.
Δύο βιβλία φάνηκαν να παρέχουν τις περισσότερες πληροφορίες.
Two books seemed to provide most of the information;
Η λατρεία των μαγισσών της δεσποινίδας Μάρεϊ στη Δυτική Ευρώπη.
Miss Murray's Witch-Cult in Western Europe.
Αυτό το βιβλίο αναλύει λεπτομερώς τις μυθολογικές πηγές.
This book thoroughly detailed Mythological sources.
Και το «Χρυσό Κλωνάρι» του Φρέιζερ παρείχε ανθρωπολογικές πηγές.
And Frazer's Golden Bough provided anthropological sources.

***

Τα αποκόμματα αναφέρονταν σε μεγάλο βαθμό σε outré ψυχικές ασθένειες.

The cuttings largely alluded to outré mental illnesses.
Ξεσπάσματα ομαδικής τρέλας και μανίας την άνοιξη του 1925.
Outbreaks of group folly and mania in the spring of 1925.
Το πρώτο μισό του χειρογράφου αφηγούνταν μια πολύ περίεργη ιστορία.
The first half of the manuscript told a very peculiar tale.
Την 1η Μαρτίου του 1925, ένας αδύνατος, μελαχρινός νεαρός άνδρας ήρθε στον θείο μου.
1925, the 1st of March, a thin dark young man came to my uncle.
Το χειρόγραφο περιγράφει τη νευρωτική και διεγερμένη του πλευρά.
The manuscript describes his neurotic and excited aspect.
Και κουβαλούσε μαζί του το παράξενο ανάγλυφο.
And he bore with him the strange bas-relief.
Εκείνη την εποχή το ανάγλυφο ήταν εξαιρετικά υγρό και φρέσκο.
At that time the bas-relief was exceedingly damp and fresh.
Η κάρτα του έφερε το όνομα Χένρι Άντονι Γουίλκοξ.
His card bore the name of Henry Anthony Wilcox.
Και ο θείος μου τον είχε ελαφρώς αναγνωρίσει.
And my uncle had slightly recognized who he was.
Ήταν ο μικρότερος γιος μιας εξαιρετικής οικογένειας.
He was the youngest son of an excellent family.
Τελευταία σπούδαζε γλυπτική στο Ρόουντ Άιλαντ.
Latterly he had been studying sculpture at Rhode Island.
Έμενε μόνος του στο κτίριο Φλερ-ντε-Λις.
He lived alone at the Fleur-de-Lys Building.
Οι κατοικίες του ήταν κοντά στο πανεπιστήμιο.
His residences were near the university.
Ο Γουίλκοξ ήταν ένας πρόωρα ώριμος νέος με γνωστή ιδιοφυΐα.
Wilcox was a precocious youth of known genius.
Ήταν όμως επίσης γνωστός για τη μεγάλη του εκκεντρικότητα.
But he was also known for his great eccentricity.

Από μικρός είχε κεντρίσει την προσοχή των άλλων.
From childhood he had excited the attention of others.
Έλεγε περίεργες ιστορίες που κανείς δεν του είχε πει.
He told of strange stories no one had told him about.
Και είχε τη συνήθεια να αφηγείται παράξενα όνειρα.
And he was in the habit of relating strange dreams.
Περιέγραψε τον εαυτό του ως «ψυχικά υπερευαίσθητο».
He described himself as "psychically hypersensitive".
Αλλά όσοι τον περιέβαλλαν είχαν άλλες περιγραφές γι'
αυτόν.
But those around him had other descriptions for him.
Ήταν σοβαροί άνθρωποι της αρχαίας εμπορικής πόλης.
They were staid folk of the ancient commercial city.
Και τον απέρριψαν ως απλώς παράξενο και «περίεργο».
And they dismissed him as merely strange and "queer".
Κι έτσι δεν αναμειγνύονταν ποτέ πολύ με τους ομοίους
του.
And so he never mingled much with his kind.
Και σταδιακά είχε χάσει την κοινωνική του προβολή.
And he had dropped gradually from social visibility.
Τώρα είναι γνωστός μόνο σε μια μικρή ομάδα
αισθητικών.
Now he is known only to a small group of esthetes.
Και όσοι τον γνώριζαν προέρχονταν κυρίως από άλλες
πόλεις.
And those who knew him came mostly from other towns.
Ακόμα και η λέσχη τέχνης του Πρόβιντενς τον είχε βρει
εντελώς απελπισμένο.
Even the Providence art club had found him quite hopeless.
Φυσικά, ήταν πρόθυμοι να διατηρήσουν τον
συντηρητισμό τους.
Of course they were anxious to preserve their conservatism.

***

Το χειρόγραφο του καθηγητή συνέχιζε να περιγράφει
την επίσκεψη.

The professor's manuscript continued to describe the visit.
Ο γλύπτης ζήτησε απότομα τις αρχαιολογικές γνώσεις του οικοδεσπότη του.
The sculptor abruptly asked for his host's archeological knowledge.
Ήθελε να αναγνωρίσει τα ιερογλυφικά στο ανάγλυφο.
He wanted him to identify the hieroglyphics on the bas-relief.
Μιλούσε με έναν ονειρικό και μάλλον επιτηδευμένο τρόπο.
He spoke in a dreamy and rather stilted manner.
Η ομιλία του υπαινίσσονταν πόζα και αποξενωμένη συμπάθεια.
His speech suggested pose and alienated sympathy.
Και ο θείος μου έδειξε κάποια οξύτητα στην απάντησή του.
And my uncle showed some sharpness in his reply.
Επειδή το ανάγλυφο ήταν ακόμα εμφανώς φρεσκότερο.
Because the bas-relief was still conspicuously freshness.
Δεν υπήρχε λοιπόν ανάγκη για καμία συγγένεια με την αρχαιολογία.
So there was no need for any kinship with archeology.
Η ανταπόκριση του νεαρού Γουίλκοξ ήταν φανταστικά ποιητική.
Young Wilcox's rejoinder was of a fantastically poetic cast.
Ο θείος μου πρέπει να εντυπωσιάστηκε από την απάντηση.
My uncle must have been impressed with the reply.
Και κατέγραψε την απάντηση του Γουίλκοξ αυτολεξεί.
And he recorded the reply of Wilcox verbatim.
«Το ανάγλυφο είναι πράγματι ακόμη εμφανώς φρέσκο.»
"The bas-relief is indeed still conspicuously fresh."
«Επειδή έφτιαξα αυτό το ανάγλυφο χθες το βράδυ, μετά από ένα όνειρο.»
"Because I made this bas-relief last night, after a dream."
«Ένα όνειρο για παράξενες πόλεις και παράξενους ανθρώπους.»

"A dream of strange cities and stranger people."
«Και τα όνειρα είναι παλαιότερα από τον μελαγχολικό Τύρο.»
"And dreams are older than brooding Tyros."
«Τα όνειρα είναι παλαιότερα από τη στοχαστική Σφίγγα».
"Dreams are older than the contemplative Sphinx."
«Και τα όνειρα είναι παλαιότερα από τη Βαβυλώνα που είναι περικυκλωμένη από κήπους.»
"And dreams are older than the garden-girdled Babylon."
Αυτός ο τύπος ομιλίας αποδείχθηκε χαρακτηριστικός του.
This type of speech turned out to be characteristic of him.
Τότε ήταν που ξεκίνησε εκείνη την ατελείωτη ιστορία.
It was then that he began that rambling tale.
Η ιστορία που ξαφνικά έπαιξε ρόλο σε μια κοιμισμένη ανάμνηση.
The tale which suddenly played upon a sleeping memory.
Η ιστορία που κέρδισε το πυρετώδες ενδιαφέρον του θείου μου.
The tale that won the fevered interest of my uncle.

***

Το προηγούμενο βράδυ είχε σημειωθεί μια ελαφρά σεισμική δόνηση.
There had been a slight earthquake tremor the night before.
Ο πιο έντονος σεισμός που είχε γίνει αισθητός στη Νέα Αγγλία εδώ και μερικά χρόνια.
The most considerable tremor New England had felt for some years.
Η φαντασία του Γουίλκοξ είχε επηρεαστεί έντονα από τον σεισμό.
Wilcox's imagination had been keenly affected by the earthquake.
Είχε ένα πρωτοφανές όνειρο για μεγάλες Κυκλώπειες πόλεις.

He had had an unprecedented dream of great Cyclopean cities.

Ονειρευόταν μπλοκ Τιτάνων και μονόλιθους που εκτοξεύτηκαν από τον ουρανό.

He dreamed of Titan blocks and sky-flung monoliths.

Όλη η αρχιτεκτονική έσταζε πράσινη λάσπη.

All the architecture was dripping with green ooze.

Και τα όνειρά του ήταν δυσοίωνα με λανθάνουσα φρίκη.

And his dreams were sinister with latent horror.

Ιερογλυφικά είχαν καλύψει τους τοίχους και τους πυλώνες.

Hieroglyphics had covered the walls and pillars.

Από κάπου κάτω ακούστηκε ένας ήχος.

From somewhere underneath there came a sound.

Ο ήχος ήταν φωνής, αλλά δεν ήταν φωνή.

The sound was of a voice, but it was not a voice.

Μια χαοτική αίσθηση που μόνο η φαντασία μπορούσε να μετατρέψει σε ήχο.

A chaotic sensation which only fancy could transmute into sound.

Προσπάθησε να πει τη σχεδόν ακατάληπτη λέξη.

He attempted to say the almost unpronounceable word.

Ένα συνονθύλευμα από απίθανα γράμματα· «Κθούλου φτάγκν ».

A jumble of unlikely letters; "Cthulhu fhtagn".

Αυτό το λεκτικό συνονθύλευμα ήταν το κλειδί για τη μνήμη του θείου μου.

This verbal jumble was the key to my uncle's recollection.

Αυτός ο παράξενος ήχος ενθουσίασε και ενόχλησε τον καθηγητή Άντζελ.

This strange sound excited and disturbed Professor Angell.

Ρώτησε τον γλύπτη με επιστημονική λεπτομέρεια.

He questioned the sculptor with scientific minuteness.

Μελέτησε το ανάγλυφο με σχεδόν ξέφρενη ένταση.

He studied the bas-relief with almost frantic intensity.

Ο θείος μου έφταιγε τα γηρατειά του, είπε αργότερα ο Γουίλκοξ.

My uncle blamed his old age, Wilcox afterward said.

Στα νεανικά του χρόνια θα αναγνώριζε τα ιερογλυφικά.
In his younger days he would have recognized the hieroglyphics.
Το εικονογραφικό σχέδιο δεν θα είχε προβληματίσει το πιο κοφτερό του μυαλό.
The pictorial design wouldn't have puzzled his sharper mind.
Πολλές από τις ερωτήσεις του φάνηκαν εντελώς άτοπες στον επισκέπτη του.
Many of his questions seemed highly out of place to his visitor.
Προσπάθησε να τον συνδέσει με παράξενες μυθολογικές λατρείες.
He tried to connect him to strange mythological cults.
Προσπάθησε να τον πείσει να παραδεχτεί ότι είχε σχέση με μυστικές εταιρείες.
He tried to get him to admit affiliation to secret societies.
Ο θείος μου μάλιστα υποσχέθηκε να κρατήσει μυστικό τον επισκέπτη του.
My uncle even promised to keep his visitor's secret.
«Δεν είσαι μέλος μιας διαδεδομένης μυστικιστικής ομάδας;»
"Are you not part of a widespread mystical group?"
«Δεν είσαι μέλος μιας παγανιστικής θρησκευτικής οργάνωσης;»
"Are you not a member of a paganly religious body?"
Τελικά πείστηκε ότι ο γλύπτης δεν ήταν μέλος.
Eventually he became convinced the sculptor wasn't a member.
Πράγματι, αγνοούσε οποιαδήποτε αίρεση ή σύστημα κρυπτικής παράδοσης.
He was indeed ignorant of any cult or system of cryptic lore.
Πολιόρκησε τον επισκέπτη του απαιτώντας μελλοντικές αναφορές ονείρων.
He besieged his visitor with demands for future reports of dreams.
Αυτό το παράξενο αίτημα απέδωσε τακτικά και ενδιαφέροντα καρπούς.
This strange request bore regular and interesting fruit.

Μετά την πρώτη συνέντευξη, το χειρόγραφο καταγράφει τις καθημερινές κλήσεις.

After the first interview the manuscript records daily calls.

Διηγήθηκε εκπληκτικά θραύσματα νυχτερινών εικόνων.

He related startling fragments of nocturnal imagery.

Υπήρχαν πάντα τα ίδια θέματα στα όνειρά του.

There were always the same themes in his dreams.

Ένα τρομερό κυκλώπειο θέαμα με σκοτεινές και στάζουσες πέτρες.

A terrible Cyclopean vista of dark and dripping stone.

Μια υπόγεια φωνή ή νοημοσύνη που φωνάζει μονότονα.

A subterranean voice or intelligence shouting monotonously.

Δύο ήχοι φαινόταν να επαναλαμβάνονται στα όνειρά του.

Two sounds seemed to repeat themselves in his dreams.

Αλλά αυτοί οι ήχοι ήταν εξίσου αινιγματικοί με τους άλλους ήχους.

But these sounds were as enigmatic as the other sounds.

Οι ήχοι μπορούν να αποδοθούν μόνο με τα γράμματα "Cthulhu" και " R'lyeh ".

The sounds can only be rendered by the letters "Cthulhu" and "R'lyeh".

Στις 23 Μαρτίου, το χειρόγραφο συνεχίστηκε, ο Γουίλκοξ δεν εμφανίστηκε.

On March 23rd, the manuscript continued, Wilcox failed to come.

Ο θείος μου έκανε έρευνες στα καταλύματα για να δει πού βρισκόταν.

My uncle made inquiries at the quarters of his whereabouts.

Εκείνο το βράδυ τον είχε χτυπήσει ένα άγνωστο είδος πυρετού.

That night he had been stricken with an obscure sort of fever.

Και μεταφέρθηκε στο σπίτι της οικογένειάς του στην οδό Γουότερμαν.

And he was taken to the home of his family in Waterman Street.

Εκείνο το βράδυ είχε κλάψει σε ένα από τα όνειρά του.

That night he had cried out in one of his dreams.

Οι κραυγές του ξεσήκωσαν αρκετούς άλλους καλλιτέχνες στο κτίριο.

His cries aroused several other artists in the building.

Και βρισκόταν ανάμεσα σε εναλλαγές ασυνειδησίας και παραληρήματος.

And he was between alternations of unconsciousness and delirium.

Ο θείος μου τηλεφώνησε αμέσως στην οικογένεια του Γουίλκοξ.

My uncle at once telephoned the family of Wilcox.

Και από τότε και στο εξής, παρακολουθούσε στενά την υπόθεση.

And from that time forward he kept close watch of the case.

Επισκεπτόταν συχνά το γραφείο του Δρ. Τόμπι στην οδό Θάγιερ.

He called often at the Thayer Street office of Dr. Tobey.

Ο Δρ. Τόμπι ήταν υπεύθυνος για την κατάσταση του ασθενούς.

Dr. Tobey was in charge of the patient's condition.

Το πυρετώδες μυαλό του νέου σκεφτόταν παράξενα πράγματα.

The youth's febrile mind was dwelling on strange things.

Ο γιατρός ανατρίχιαζε πού και πού καθώς μιλούσε για τα όνειρα.

The doctor shuddered now and then as he spoke of the dreams.

Τα όνειρα επαναλάμβαναν πολλά από τα προηγούμενα θέματα.

The dreams repeated a lot of the earlier themes.

Αλλά τώρα τα όνειρά του ανέφεραν κάτι καινούργιο.

But now his dreams made mention of something new.

Ένα γιγάντιο πράγμα ύψους «ενός μιλίου» που
περπατούσε ή κινούνταν βαριεστημένα τριγύρω.
A gigantic thing "a miles high" which walked, or lumbered
about.
Σε καμία περίπτωση δεν περιέγραψε πλήρως αυτό το
αντικείμενο με οποιαδήποτε λεπτομέρεια.
He at no time fully described this object in any detail.
Αλλά ο Δρ. Τόμπι μετέφερε τα φρενήρη λόγια του
ασθενούς του.
But Dr. Tobey relayed the frantic words of his patient.
Και ο καθηγητής γινόταν όλο και πιο σίγουρος για το τι
ήταν.
And the professor became increasingly certain of what it was.
Το ανώνυμο τερατούργημα που είχε επιδιώξει να
απεικονίσει στο γλυπτό του.
The nameless monstrosity he had sought to depict in his
sculpture.
Ο γιατρός είχε αναφέρει το ανάγλυφο που είχε φτιάξει.
The doctor had mentioned the bas-relief he had made.
Αυτή η αναφορά προαναγγέλλει την καθίζηση του
νεαρού άνδρα σε λήθαργο.
This mention preludes the young man's subsidence into
lethargy.
Η θερμοκρασία του, παραδόξως, δεν ήταν πολύ πάνω
από το φυσιολογικό.
His temperature, oddly enough, was not greatly above normal.
Αλλά η γενική του κατάσταση υποδήλωνε ότι είχε
πυρετό.
But his general condition suggested he was in a fever.
Ένας πυρετός, σε αντίθεση με το να βρίσκεσαι υπό την
επήρεια μιας ψυχικής διαταραχής.
A fever, as opposed to being in the grasp of a mental disorder.

***

Στις 2 Απριλίου, περίπου στις 3 μ.μ., ο πυρετός
σταμάτησε.

On April 2nd at about 3 p.m. the fever came to an end.
Κάθε ίχνος της ασθένειας του Γουίλκοξ ξαφνικά σταμάτησε.
Every trace of Wilcox's malady suddenly ceased.
Κάθισε όρθιος στο κρεβάτι σαν να ξυπνούσε από έναν κανονικό ύπνο.
He sat upright in bed as if waking up from regular sleep.
Έμεινε έκπληκτος όταν βρέθηκε στο σπίτι των γονιών του.
He was astonished to find himself at his parents' home.
Και είχε πλήρη άγνοια για το τι είχε συμβεί.
And he was completely ignorant of what had happened.
Ούτε το όνειρο ούτε η πραγματικότητα είχαν αφήσει καμία εντύπωση στο μυαλό του.
Neither dream nor reality had made an impression on his mind.
Ο Δρ. Τόμπι τον έκρινε κατάλληλο να αποβληθεί από τη φροντίδα του.
Dr. Tobey pronounced him fit to be dismissed from his care.
Και επέστρεψε στο κατάλυμά του τρεις μέρες αργότερα.
And he returned to his quarters three days later.
Αλλά για τον καθηγητή Άντζελ δεν προσέφερε περαιτέρω βοήθεια.
But to Professor Angell he was of no further assistance.
Όλα τα ίχνη των παράξενων ονείρων είχαν εξαφανιστεί με την ανάρρωσή του.
All traces of strange dreaming had vanished with his recovery.
Για μια εβδομάδα αφηγούνταν άσχετα και εντελώς συνηθισμένα οράματα.
For a week he recounted irrelevant and thoroughly usual visions.
Και ο θείος μου δεν κράτησε άλλο αρχείο για τις νυχτερινές του σκέψεις.
And my uncle kept no further record of his night-thoughts.
Σε αυτό το σημείο τελείωσε το πρώτο μέρος του χειρογράφου.
At this point the first part of the manuscript ended.

Αλλά η έρευνά μου κάθε άλλο παρά ολοκληρωμένη
ήταν.
But my research was still anything but concluded.
Οι αναφορές σε σκόρπιες σημειώσεις βοήθησαν να
συναρμολογηθούν τα πράγματα.
References to scattered notes helped piece things together.
Και υπήρχε περισσότερο από αρκετό υλικό για σκέψη.
And there was more than enough material for thought.
Η δυσπιστία μου για τον καλλιτέχνη δεν είχε ακόμη
υποχωρήσει.
My distrust of the artist had still not subsided.
Αλλά αυτό ήταν σε μεγάλο βαθμό αποτέλεσμα του
βαθιά ριζωμένου σκεπτικισμού μου.
But this was largely a result of my ingrained skepticism.
Τα σημειώματα περιέγραφαν τα όνειρα διαφόρων
ατόμων.
The notes described the dreams of various persons.
Αυτά τα όνειρα συνέβησαν όλα ενώ ο νεαρός Γουίλκοξ
είχε πυρετό.
These dreams all occurred while young Wilcox was in his
fever.
Ο θείος μου, όπως φαίνεται, δεν έχασε χρόνο
συλλέγοντας τα δεδομένα.
My uncle, it seems, wasted no time in collecting the data.
Γρήγορα είχε συστήσει ένα εξαιρετικά εκτεταμένο σώμα
ερευνών.
He had quickly instituted a prodigiously far-flung body of
inquiries.
Όποιον φίλο δεν έδειχνε αυθάδεια, τον ρωτούσε.
Any friend that didn't show impertinence he questioned.
Τους ζητούσε να τους αναφέρουν τα όνειρά τους κάθε
βράδυ.
He requested from them nightly reports of their dreams.
Και ρώτησε αν είχαν δει κάποια αξιοσημείωτα οράματα
τελευταία.
And he asked if they had had any notable visions of late.

Η υποδοχή του αιτήματός του φαίνεται να ήταν
ποικίλη.
The reception of his request seems to have been varied.
Αλλά σίγουρα δεν έλειψαν οι απαντήσεις.
But there was certainly no shortage in replies.
Κανένας συνηθισμένος άνθρωπος δεν θα μπορούσε να
χειριστεί τις απαντήσεις μόνος του.
No ordinary man could have handled the replies alone.
Οι αρχικές αντιστοιχίες δεν διατηρήθηκαν.
The original correspondences were not preserved.
Αλλά οι σημειώσεις του αποτελούσαν μια λεπτομερή
και σημαντική περίληψη.
But his notes formed a thorough and significant digest.

***

Αρχικά είχε προσεγγίσει τους μέσους ανθρώπους της
κοινωνίας.
Initially he had approached average people in society.
Το παραδοσιακό «αλάτι της γης» της Νέας Αγγλίας.
New England's traditional "salt of the earth".
Αλλά αυτή η ομάδα έδωσε ένα σχεδόν εντελώς
αρνητικό αποτέλεσμα.
But this group gave an almost completely negative result.
Αν και υπήρχαν και κάποιες εξαιρέσεις σε αυτήν την
ομάδα.
Though there were some exceptions to this group too.
Διάσπαρτες περιπτώσεις από ανήσυχες αλλά άμορφες
νυχτερινές εντυπώσεις.
Scattered cases of uneasy but formless nocturnal impressions.
Οι αναφορές τους ήταν πάντα μεταξύ 23 Μαρτίου και 2
Απριλίου.
Their reports were always between March 23rd and April 2nd.
Αυτό ευθυγραμμιζόταν με την ίδια περίοδο του
παραληρήματος του νεαρού Γουίλκοξ.
This aligned with the same period of young Wilcox's delirium.

Οι άνθρωποι της επιστήμης είχαν επηρεαστεί μόνο λίγο περισσότερο.

Men of science had been only a little more affected.

Αν και τέσσερις περιπτώσεις αόριστης περιγραφής παρουσίαζαν ενδιαφέρον.

Though four cases of vague description were of interest.

Είχαν δει φευγαλέες ματιές σε παράξενα τοπία.

They had had fugitive glimpses of strange landscapes.

Και σε μια περίπτωση αναφέρθηκε ένας φόβος για κάτι ασυνήθιστο.

And in one case a dread of something abnormal was mentioned.

Οι σχετικές απαντήσεις προήλθαν από τους καλλιτέχνες και τους ποιητές.

It was from the artists and poets that the pertinent answers came.

Είναι ευλογία που κανείς δεν μπόρεσε να συγκρίνει τις σημειώσεις.

It is a blessing no one had been able to compare notes.

Θα είχε ξεσπάσει πανικός αν μοιράζονταν τα οράματά τους.

Panic would have broken loose had they shared their visions.

Αυτό, ωστόσο, δεν διέλυσε τον βαθιά ριζωμένο σκεπτικισμό μου.

This, however, did not dispel my ingrained skepticism.

Άλλοι μπορεί να είχαν καταλήξει σε μυθικά συμπεράσματα πολύ πιο γρήγορα.

Others might have come to mythical conclusions much quicker.

Αλλά τα πρωτότυπα γράμματα έλειπαν από τις σημειώσεις.

But the original letters were lacking from the notes.

Υποψιαζόμουν σχεδόν ότι ο μεταγλωττιστής είχε θέσει καθοδηγητικά ερωτήματα.

I half suspected the compiler of having asked leading questions.

Ή ίσως οι αλληλογραφίες δεν ήταν εντελώς πρωτότυπες.

Or perhaps the correspondences weren't entirely original.

Ίσως ο θείος μου να είχε αποφασίσει να επιβεβαιώσει τα όνειρα του Γουίλκοξ.

Perhaps my uncle had resolved to confirm Wilcox's dreams.

Γι' αυτό συνέχισα να έχω καχυποψία απέναντι στον γλύπτη.

That is why I continued to feel suspicious of the sculptor.

Ίσως γνώριζε ακόμα τα παλιά στοιχεία του θείου μου.

Perhaps he was still cognizant of my uncle's old data.

Ίσως να είχε επιβληθεί στον βετεράνο επιστήμονα.

Perhaps he had been imposing on the veteran scientist.

Παρ 'όλα αυτά, τα επιβεβαιωτικά δεδομένα έπρεπε να διερευνηθούν.

Nonetheless, the corroborating data had to be investigated.

***

Οι απαντήσεις των εστέτ αφηγούνταν μια ανησυχητική ιστορία.

The responses from the esthetes told a disturbing tale.

Από τις 28 Φεβρουαρίου έως τις 2 Απριλίου τα όνειρά τους ευθυγραμμίστηκαν.

From February 28th to April 2nd their dreams aligned.

Και ένα μεγάλο ποσοστό από αυτούς είχε ονειρευτεί πολύ παράξενα πράγματα.

And a large proportion of them had dreamed very bizarre things.

Ο χρόνος της έντασης των ονείρων τους ήταν επίσης ενδιαφέρον.

The timing of the intensity of their dreams was also of interest.

Η περίοδος του παραληρήματος του γλύπτη σηματοδότησε μια κορύφωση.

The period of the sculptor's delirium marked a highpoint.

Η ένταση των ονείρων τους ήταν απίστευτα ισχυρότερη.

The intensity of their dreams were immeasurably the stronger.

Πάνω από το ένα τέταρτο ανέφεραν άγνωστους και δυσπρόφερτους ήχους.

Over a quarter reported unfamiliar and unpronounceable sounds.

Θόρυβοι όχι διαφορετικοί από αυτούς που είχε επίσης περιγράψει ο Γουίλκοξ.

Noises not dissimilar to what Wilcox had also described.

Κάποιοι περιέγραψαν εξαιρετικά περίτεχνη και αδύνατη αρχιτεκτονική.

Some described highly elaborate and impossible architecture.

Και μερικοί από τους ονειροπόλους ομολόγησαν έναν οξύ φόβο.

And some of the dreamers confessed to an acute fear.

Όπως ο Γουίλκοξ, είχαν δει κάτι γιγάντιο ανώνυμο πράγμα.

Like Wilcox, they had seen some gigantic nameless thing.

Μία περίπτωση, την οποία περιγράφει με έμφαση το σημείωμα, ήταν πολύ θλιβερή.

One case, which the note describes with emphasis, was very sad.

Το θέμα ήταν ένας ευρέως γνωστός αρχιτέκτονας της περιοχής.

The subject was a widely known architect of the region.

Κι αυτός είχε τάσεις προς τη θεοσοφία και τον αποκρυφισμό.

He too had leanings toward theosophy and occultism.

Αυτός ο άντρας τρελάθηκε βίαια στις 22 Μαρτίου.

This man went violently insane on March the 22nd.

Την ίδια ακριβώς ημερομηνία της κατάσχεσης του νεαρού Γουίλκοξ.

The exact same date of young Wilcox's seizure.

Πέθανε αρκετούς μήνες αργότερα, μετά από αδιάκοπες κραυγές.

He expired several months later, after incessant screaming.

Ικέτευε να σωθεί από κάποιον δραπέτη της κόλασης.

He begged to be saved from some escaped denizen of hell.

Δυστυχώς, ο θείος μου δεν αναφέρθηκε σε αυτές τις περιπτώσεις ονομαστικά.

Regrettably, my uncle did not refer to these cases by name.

Αντ' αυτού, σε όλες τις μελέτες δεν δόθηκε τίποτα περισσότερο από ένας αριθμός.

Instead, all studies were given nothing more than a number.

Με αυτόν τον τρόπο, ήμουν περιορισμένος στην προσπάθεια οποιασδήποτε προσωπικής έρευνας.

This way I was limited in attempting any personal investigation.

Και η περαιτέρω επιβεβαίωση των αποδεικτικών στοιχείων ήταν απαιτητική.

And corroborating the evidence further was demanding.

Αλλά τελικά κατάφερα να εντοπίσω μερικές περιπτώσεις.

But finally I did succeed in tracing down some cases.

Έπρεπε να είχα εμπιστευτεί τις σημειώσεις του θείου μου.

I should have trusted the notes from my uncle.

Ανέφεραν τα όνειρά τους πιστά στις αναφορές τους.

They reported their dreams true to their reports.

Συχνά αναρωτιόμουν τι νόμιζαν ότι σήμαιναν οι ερωτήσεις.

I have often wondered what they thought the questioning meant.

Είναι καλύτερο να μην τους φτάσει ποτέ καμία εξήγηση.

It is for the best that no explanation shall ever reach them.

***

Όπως έχω αναφέρει, ο θείος μου συνέλεγε επίσης αποκόμματα τύπου.

As I have mentioned, my uncle also collected press clippings.

Αυτά τα αποκόμματα τύπου αντιστοιχούσαν στις εν λόγω ημερομηνίες.

These press clippings corresponded to the dates in question.

Οι πηγές ήταν διάσπαρτες σε όλο τον κόσμο.

The sources were scattered throughout the globe.
Ο καθηγητής Άντζελ πρέπει να είχε προσλάβει γραφείο κοπής.
Professor Angell must have employed a cutting bureau.
Επειδή ο αριθμός των αποσπασμάτων ήταν τεράστιος.
Because the number of extracts was tremendous.
Υπήρχε μια παραλληλία με αυτό το μέρος της έρευνάς του.
There was a parallel to this part of his research.
Περιπτώσεις πανικού, μανίας και εκκεντρικότητας.
Cases of panic, mania, and eccentricity.
Μία περίπτωση ήταν μια νυχτερινή αυτοκτονία στο Λονδίνο.
One case was a nocturnal suicide in London.
Ένας μοναχικός κοιμισμένος είχε πηδήξει από ένα παράθυρο μετά από μια σοκαριστική κραυγή.
A lone sleeper had leaped from a window after a shocking cry.
Μια ατελείωτη επιστολή προς τον εκδότη μιας εφημερίδας στη Νότια Αμερική.
A rambling letter to the editor of a paper in South America.
Ένας φανατικός συμπεραίνει ένα ζοφερό μέλλον από οράματα που είχε δει.
A fanatic deduces a dire future from visions he had had.
Ένα μήνυμα από την Καλιφόρνια περιγράφει μια θεοσοφιστική αποικία.
A dispatch from California describes a theosophist colony.
Φόρεσαν μαζικά λευκές ρόμπες για κάποια «ένδοξη εκπλήρωση».
They donned white robes en masse for some "glorious fulfilment".
Αν και αυτή η «ένδοξη εκπλήρωση» δεν προέκυψε ποτέ.
Although that "glorious fulfilment" never arose.
Φαίνεται να υπάρχει σοβαρή αναταραχή από τους ιθαγενείς στην Ινδία.
There seems to be serious unrest from the natives in India.
Τα όργια βουντού πολλαπλασιάστηκαν στην Αϊτή.
Voodoo orgies multiplied in Haiti.

Αφρικανικά φυλάκια αναφέρουν δυσοίωνες φήμες.
African outposts report ominous mutterings.
Αμερικανοί αξιωματικοί στις Φιλιππίνες βρίσκουν ορισμένες φυλές ενοχλητικές.
American officers in the Philippines find certain tribes bothersome.
Οι αστυνομικοί της Νέας Υόρκης κατακλύζονται από υστερικούς Λεβαντίνους.
New York policemen are mobbed by hysterical Levantines.
Αυτό συνέβη ακριβώς τη νύχτα της 22ας προς 23η Μαρτίου.
This occurred exactly on the night of March 22-23.
Η δυτική Ιρλανδία, επίσης, ήταν γεμάτη από άγριες φήμες και θρύλους.
The west of Ireland, too, was full of wild rumor and legendry.
Ένας φανταστικός ζωγράφος ονόματι Αρντοΐς-Μπονό έγινε είδηση στη Γαλλία.
A fantastic painter named Ardois-Bonnot made the news in France.
Κρέμασε ένα βλάσφημο ονειρικό τοπίο στο ανοιξιάτικο σαλόνι του Παρισιού.
He hung a blasphemous dream landscape in the Paris spring salon.
Τα καταγεγραμμένα προβλήματα στα τρελοκομεία ήταν ανυπολόγιστα.
The recorded troubles in insane asylums were immeasurable.
Ένα θαύμα πρέπει να κράτησε τις ιατρικές αδελφότητες ανυποψίαστες.
A miracle must have kept the medical fraternities unsuspecting.
Αλλά ποτέ δεν παρατήρησαν τους παράξενους παραλληλισμούς των περιπτώσεων.
But they never noted the strange parallelisms of the cases.
Αλλιώς, κι αυτοί θα είχαν καταλήξει σε μπερδεμένα συμπεράσματα.
Else they too would have come to mystified conclusions.

Πρέπει να ομολογήσω ότι αυτά ήταν όντως ένα σύνολο από περίεργα αποκόμματα χαρτιού.

I must confess these were indeed a set of weird paper cuttings.

Ο θείος μου είχε προβάλει ένα πειστικό επιχείρημα.

My uncle had put forward a convincing argument.

Δεν μπορώ να εξηγήσω πώς έβαλα στην άκρη τα στοιχεία.

I can't explain how I set the evidence aside.

Αλλά ο ανάλγητος ορθολογισμός μου πήρε το πάνω χέρι.

But my callous rationalism took the upper hand.

Και εξακολουθούσα να έχω υποψίες για τον νεαρό γλύπτη, τον Γουίλκοξ.

And I was still suspicious of the young sculptor, Wilcox.

Πρέπει να γνώριζε τα παλαιότερα ζητήματα που ανέφερε ο καθηγητής.

He must have known of the older matters mentioned by the professor.

Η ιστορία του επιθεωρητή Λεγκράς
The Tale of Inspecter Legrasse

Επιτρέψτε μου να στρέψω την προσοχή σας από τον νεαρό γλύπτη.

Let me turn your attention away from the young sculptor.

Και ας επικεντρωθούμε στο δεύτερο μισό του χειρογράφου.

And let us focus on the second half of the manuscript.

Μερικά όνειρα από μόνα τους δεν θα ήταν τόσο σημαντικά.

A few dreams alone would not have been so significant.

Το ανάγλυφο θα μπορούσε να είχε θεωρηθεί απάτη.

The bas-relief could have been dismissed as a hoax.

Αλλά ο θείος μου είχε προηγουμένως δείξει ενδιαφέρον.

But my uncle had previously been primed to take interest.

Το όνειρο του Γουίλκοξ φαινόταν να έχει μια σύνδεση με γεγονότα του παρελθόντος.

Wilcox's dream seemed to have a link to past events.

Δεν ήταν η πρώτη φορά που άκουγε αυτή τη λέξη.

It wasn't the first time that he had heard that word.

Οι δυσοίωνες συλλαβές ίσως γράφονται ως «Κθούλου».

The ominous syllables perhaps written as "Cthulhu".

Είχε ξαναδεί και ακούσει παρόμοιες περιγραφές.

He had seen and heard of similar descriptions before.

Τα κολασμένα περιγράμματα του ανώνυμου τερατώδους.

The hellish outlines of the nameless monstrosity.

Είχε προβληματιστεί προηγουμένως με τα ίδια ιερογλυφικά.

He had previously puzzled over the same hieroglyphics.

Όλα αυτά δημιούργησαν μια φρικτή σύνδεση γεγονότων.

All this produced a horrible connection of events.

Δεν είναι περίεργο που παρακολούθησε τον νεαρό Γουίλκοξ με ερωτήσεις.

It is no wonder he pursued young Wilcox with queries.

Και δεν πρέπει να μας εκπλήσσει που ανέκρινε έτσι τον Γουίλκοξ.

And we must not be surprised he interrogated Wilcox so.

Αυτή η προηγούμενη εμπειρία είχε συμβεί το έτος 1908.

This earlier experience had come in the year of 1908.

Δεκαεπτά χρόνια πριν ο Γουίλκοξ έρθει στον θείο μου.

Seventeen years before Wilcox came to my great-uncle.

Η αρχαιολογική εταιρεία συναντιόταν στο Σεντ Λούις.

The archeological society were meeting in St. Louis.

Ο καθηγητής Άντζελ έπαιξε εξέχοντα ρόλο στις συζητήσεις.

Professor Angell had a prominent part in the deliberations.

Οι ευθύνες του ταίριαζαν σε κάποιον από την εξουσία του .

His responsibilities befitted one of his authority.

Ήταν ένας από τους πρώτους που τον προσέγγισαν αρκετοί ξένοι.

He was one of the first to be approached by several outsiders.

Εκμεταλλεύτηκαν την πρόσκληση για να υποβάλουν ερωτήσεις.

They took advantage of the convocation to offer questions.

Ήλπιζαν σε μια σωστή απάντηση από έναν ειδικό.

They hoped for correct answering from an expert.

Ο καθένας τους είχε πολύ ιδιόμορφα προβλήματα.

They each had very peculiar types of problems.

Και απαιτούσαν πολύ διαφορετικούς τύπους λύσεων.

And they required very different types of solutions.

Ο αρχηγός αυτών ήταν ένας μεσήλικας άνδρας με κοινή εμφάνιση.

The chief of these was a common-looking middle-aged man.

Και γρήγορα έγινε το επίκεντρο του ενδιαφέροντος της συνάντησης.

And he quickly became the meeting's focus of interest.

*****

Είχε ταξιδέψει στο Σεντ Λούις από τη Νέα Ορλεάνη.

He had traveled to St. Louis all the way from New Orleans.
Είχε έρθει στη συνάντηση για ειδικές πληροφορίες.
He had come to the meeting for special information.
Γνώσεις που δεν θα μπορούσαν να μην αποκτηθούν από τοπικές πηγές.
Knowledge that could not be unobtained from local source.
Το όνομά του ήταν Τζον Ρέιμοντ Λεγκράς, αστυνομικός επιθεωρητής.
His name was John Raymond Legrasse, police inspector.
Υπέφερε μαζί του το μυστηριώδες θέμα των ερευνών του.
He bore with him the mysterious subject of his inquiries.
Ένα γκροτέσκο και προφανώς πολύ αρχαίο πέτρινο αγαλματίδιο.
A grotesque and apparently very ancient stone statuette.
Ένα αγαλματίδιο του οποίου την προέλευση κανείς δεν είχε καταφέρει να προσδιορίσει.
A statuette whose origin no one had been able to determine.
Αλλά μην υποθέσετε ότι ο Επιθεωρητής Λεγκράς ήταν αρχαιολόγος.
But don't assume Inspector Legrasse was an archeologist.
Δεν ενδιαφερόταν ιδιαίτερα για την αρχαιολογία, ούτε για τη μυθολογία.
He had very little interest in archeology, nor mythology.
Η επιθυμία του για φώτιση είχε μάλλον διαφορετικά κίνητρα.
His wish for enlightenment had rather different motivations.
Τον παρακίνησαν να έρθει για καθαρά επαγγελματικούς λόγους.
He was prompted to come by purely professional considerations.
Το αγαλματίδιο είχε κατασχεθεί στο πλαίσιο αστυνομικής επιδρομής.
The statuette had been captured as part of a police raid.
Αν και δεν είχε καθοριστεί αν επρόκειτο καν για αγαλματίδιο.
Although whether it was even a statuette wasn't determined.

Θα μπορούσε επίσης να ήταν ένα είδωλο, ένα φετίχ μαγείας ή ένα φυλαχτό.

It could also have been an idol, magic fetish, or charm.

Ό,τι κι αν ήταν, είχε συλληφθεί μερικούς μήνες νωρίτερα.

Whatever it was, it had been captured some months previously.

Μια συνάντηση διεξαγόταν στους δασώδεις βάλτους της Νέας Ορλεάνης.

A meeting was being held in the wooded swamps of New Orleans.

Η αστυνομία είχε λάβει πληροφορίες για μια υποτιθέμενη συνάντηση βουντού.

The police had been tipped of about a supposed voodoo meeting.

Παράξενες και αποκρουστικές τελετουργίες που συνδέονται με τον κύκλο του βουντού.

Strange and hideous rites connected with the voodoo circle.

Οι αστυνομικοί δεν μπορούσαν παρά να συνειδητοποιήσουν τι είχαν ανακαλύψει.

The police could not but realize what they had stumbled on.

Μια σκοτεινή αίρεση, εντελώς άγνωστη προηγουμένως στις αρχές.

A dark cult previously totally unknown to the authorities.

Απείρως πιο δυσοίωνο από ό,τι θα μπορούσε να περιμένει ένας ξένος.

Infinitely more sinister than what an outsider could expect.

Πιο διαβολικός κι από τους πιο μαύρους αφρικανικούς κύκλους βουντού.

More diabolic than the blackest of the African voodoo circles.

Απίστευτες ιστορίες αποσπάστηκαν από τα συλληφθέντα μέλη της αίρεσης.

Unbelievable tales were extorted from the captured cult members.

Αλλά τίποτα για την προέλευση του λειψάνου δεν μπορούσε να ανακαλυφθεί.

But nothing of the relic's origin could be discovered.

Εξ ου και η αγωνία της αστυνομίας για οποιαδήποτε
αρχαιοπρεπή παράδοση.
Hence the anxiety of the police for any antiquarian lore.
Η αρχαία μυθολογία ίσως εξηγεί το τρομακτικό
σύμβολο.
Ancient mythology might explain the frightful symbol.
Μια βαθύτερη γνώση θα μπορούσε ίσως να εντοπίσει
την πηγή.
Deeper knowledge could perhaps track the fountain-head.
Ο Επιθεωρητής Λεγκράς δεν ήταν προετοιμασμένος για
τον ενθουσιασμό που προκαλούσε.
Inspector Legrasse was not prepared for the excitement he
created.
Αρκούσε μόνο να δει κανείς το μυστηριώδες
αντικείμενο.
One sight of the mysterious object was all that was required.
Οι συγκεντρωμένοι άνθρωποι της επιστήμης ήταν
γεμάτοι περιέργεια.
The assembled men of science were filled with curiosity.
Δεν έχασαν χρόνο και μαζεύτηκαν γύρω από τον
επιθεωρητή.
They lost no time in crowding closely around the inspector.
Και όλοι προσπαθούσαν να δουν όσο καλύτερα
μπορούσαν τη μικροσκοπική φιγούρα.
And they all tried to get the best look at the diminutive figure.

***

Η πραγματικά αβυσσαλέα αρχαιότητα ενέπνεε άγρια
φαντασία.
The genuinely abysmal antiquity inspired wild imagination.
Η παραδοξότητα υπαινίσσονταν τόσο έντονα κλειστές
και αρχαϊκές εικόνες.
The strangeness hinted so potently at unopened and archaic
vistas.
Καμία αναγνωρισμένη σχολή γλυπτικής δεν είχε
ζωντανέψει αυτό το τρομερό αντικείμενο.

No recognized school of sculpture had animated this terrible object.

Κι όμως, αιώνες έμοιαζαν καταγεγραμμένοι στην θαμπή και πρασινωπή επιφάνεια.

Yet centuries seemed recorded in the dim and greenish surface.

Ίσως χιλιάδες χρόνια ήταν κρυμμένα σε αυτή την αμετακίνητη πέτρα.

Perhaps thousands of years were hidden in this unplaceable stone.

Το ειδώλιο τελικά μεταβιβάστηκε αργά από άνθρωπο σε άνθρωπο.

The figurine was finally passed slowly from man to man.

Κάθε επιστήμονας μελέτησε προσεκτικά τα παράξενα σημάδια της πέτρας.

Each scientist carefully studied the strange markings of the stone.

Το ύψος του έργου ήταν μεταξύ επτά και οκτώ ιντσών.

The work was between seven and eight inches in height.

Και η εξαιρετική καλλιτεχνική δεινότητα πρέπει να σημειωθεί.

And the exquisite artistic workmanship must be noted.

Τα γλυπτά αντιπροσώπευαν ένα τέρας με αόριστα ανθρωποειδές περίγραμμα.

The carvings represented a monster of vaguely anthropoid outline.

Στο πρόσωπο του κεφαλιού που έμοιαζε με χταπόδι υπήρχε μια μάζα από αισθητήρες.

On the face of the octopus-esque head was a mass of feelers.

Τεράστια νύχια στα πίσω και μπροστινά πόδια προεξείχαν από το σώμα.

Prodigious claws on hind and fore feet protruded from the body.

Το φουσκωμένο παχύ σώμα είχε μια ελαστική όψη.

The bloated corpulence had a rubbery looking quality to it.

Και από πίσω από το λαστιχένιο σώμα βγήκαν δύο στενά φτερά.

And from behind the rubbery body came out two narrow wings.

Θα ήταν ενστικτώδες να θεωρήσουμε αυτό το πράγμα τρομακτικό.

It would be instinctual to think of this thing as fearsome.

Υπήρχε μια αφύσικη κακοήθεια στην αύρα του πλάσματος.

There was an unnatural malignancy to the aura of the creature.

Ο γιγάντιος κάθισε μοχθηρά οκλαδόν σε ένα ορθογώνιο μπλοκ.

The gargantuan squatted evilly on a rectangular block.

Το βάθρο πάνω στο οποίο βρισκόταν ήταν καλυμμένο με δυσανάγνωστους χαρακτήρες.

The pedestal it was on was covered with undecipherable characters.

Οι άκρες των φτερών άγγιζαν την πίσω άκρη του μπλοκ.

The tips of the wings touched the back edge of the block.

Το πλάσμα καθόταν στη μέση του γιγάντιου μπλοκ.

The creature was sitting on the middle of the giant block.

Τα πόδια του ήταν διπλωμένα κάτω από το τερατώδες σώμα του.

Its legs were doubled up under its monstrous body.

Τα μακριά, καμπυλωτά νύχια άρπαζαν την μπροστινή άκρη του γκρεμού.

The long, curved claws gripped the front edge of the cliff.

Το κεφάλι του κεφαλόποδου ήταν σκυμμένο προς τα εμπρός, παρατηρώντας το βασίλειό του.

The cephalopod head was bent forward, observing its kingdom.

Οι άκρες των αισθητήρων του προσώπου άγγιζαν τις πλάτες τεράστιων μπροστινών ποδιών.

The ends of the facial feelers brushed the backs of huge forepaws.

Και τα μπροστινά πόδια έσφιξαν τα υπερυψωμένα γόνατα του σκυμμένου.

And the forepaws clasped the croucher's elevated knees.

Η εμφάνιση της γκροτέσκο σκηνής ήταν ασυνήθιστα
ρεαλιστική.
The appearance of the grotesque scene was abnormally lifelike.
Αλλά αυτή η ρεαλιστική ποιότητα πρόσθετε μόνο έναν
ανεπαίσθητο λόγο για να φοβόμαστε περισσότερο.
But this lifelike quality only added a subtle reason to be more
fearful.
Επειδή δεν γνωρίζαμε τίποτα για την πηγή της
απεικόνισης.
Because we knew nothing about the source of the depiction.
Η τεράστια, τρομακτική και ανυπολόγιστη ηλικία του
πλάσματος ήταν αδιαμφισβήτητη.
The creature's vast, awesome, and incalculable age was
unmistakable.
Αλλά η απεικόνιση δεν έδειξε ούτε έναν σύνδεσμο με
κανένα γνωστό είδος τέχνης.
But not one link did the depiction show with any known type
of art.
Ούτε καν οι πρώτοι πολιτισμοί δεν έκαναν αναφορά σε
αυτό το πλάσμα.
Not even the earliest civilizations made reference to this
creature.
Αλλά αυτό δεν είναι το μόνο σημείο στο οποίο η γνώση
μας μάς απέτυχε.
But that is not the only point at which our knowledge failed us.

***

Η ορυκτολογία της πέτρας ήταν επίσης ένα απόλυτο
μυστήριο.
The mineralogy of the stone was also a complete mystery.
Χρυσές κηλίδες ήταν διάστικτες πάνω στην
σαπουνόχρωμη, πρασινωπή-μαύρη πέτρα.
Gold specks dotted the soapy, greenish-black stone.
Ιριδίζουσες ραβδώσεις έτρεχαν κατά μήκος της πέτρας.
Iridescent striations ran along the length of the stone.

Με λίγα λόγια, η πέτρα δεν έμοιαζε με τίποτα στην ορυκτολογία.

In short, the stone resembled nothing within mineralogy.

Οι γεωλόγοι δεν είχαν καταφέρει να ταυτοποιήσουν την πέτρα.

Geologists hadn't been able to identify the stone either.

Τα ιερογλυφικά κατά μήκος της πέτρας ήταν εξίσου περίεργα.

The hieroglyphs along the stone were equally baffling.

Το σύστημα γραφής ήταν τρομακτικά διαφορετικό από άλλα σενάρια.

The writing system was horribly different than other scripts.

Μια εκπροσώπηση των μισών κορυφαίων εμπειρογνωμόνων του κόσμου ήταν παρούσα.

A representation of half the world's leading experts was present.

Αλλά δεν μπορούσε να αποδειχθεί καμία σύνδεση με κάποιο γνωστό σύστημα γραφής.

But no link to any known writing system could be established.

Όλα υποδήλωναν με τρομακτικό τρόπο έναν παλιό και ανίερο κύκλο ζωής.

Everything frightfully suggested an old and unhallowed cycle of life.

Μια ιστορία στην οποία ο κόσμος μας και οι αντιλήψεις μας δεν έπαιξαν κανένα ρόλο.

A history in which our world and our conceptions played no part.

Οι ειδικοί κούνησαν το κεφάλι τους, παραδεχόμενοι ότι είχαν ηττηθεί.

The experts shook their heads, admitting they had been defeated.

Αλλά ένας ειδικός δεν τα παράτησε τόσο γρήγορα.

But one expert did not give up quite so quickly.

Ισχυρίστηκε ότι είχε μια δόση παράξενης εξοικείωσης με το θέμα.

He claimed to have a touch of bizarre familiarity with the subject.

Το τερατώδες σχήμα και η γραφή δεν ήταν εντελώς καινούργια γι' αυτόν.
The monstrous shape and writing weren't entirely new to him.
Με κάποια δισταγμό, είπε για την περίεργη μικροπράγμα που γνώριζε.
With some diffidence he told of the odd trifle he knew.
Αυτό το άτομο ήταν ο αείμνηστος Γουίλιαμ Τσάνινγκ Γουέμπ.
This person was the late William Channing Webb.
Διετέλεσε καθηγητής ανθρωπολογίας στο Πανεπιστήμιο του Πρίνστον.
He was professor of anthropology in Princeton University.
Και ήταν ένας εξερευνητής όχι μικρής σημασίας.
And he was an explorer of no small significance.

***

Πριν από σαράντα οκτώ χρόνια εξερευνούσε τη Γροιλανδία και την Ισλανδία.
Forty-eight years ago he was exploring Greenland and Iceland.
Η ομάδα του αναζητούσε μερικές ρουνικές επιγραφές.
His group were in search of some Runic inscriptions.
Αλλά η αποστολή δεν κατάφερε να ανακαλύψει καμία επιγραφή.
But the expedition failed to unearth any inscriptions.
Περπάτησαν στα υψόμετρα των ακτών της Δυτικής Γροιλανδίας.
They trekked the heights of West Greenland's coasts.
Εδώ συνάντησαν μια παράξενη λατρεία εκφυλισμένων Εσκιμώων.
Here they encountered a strange cult of degenerate Eskimos.
Η θρησκεία τους συνίστατο σε μια μορφή λατρείας του διαβόλου.
Their religion consisted of a form of devil-worship.
Και οι τελετουργίες τους ήταν σκόπιμα αιμοδιψείς και αποκρουστικές.
And their rituals were deliberately bloodthirsty and repulsive.

Ήταν μια πίστη για την οποία οι άλλοι Εσκιμώοι γνώριζαν ελάχιστα.

It was a faith of which other Eskimos knew little.

Οι ντόπιοι ανατρίχιασαν στην αναφορά των πρακτικών τους.

Locals shuddered at the mention of their practices.

Έλεγαν ότι οι πεποιθήσεις τους προέρχονταν από φρικτά αρχαίους αιώνες.

They said their believes came from horribly ancient eons.

Μια εποχή πριν καν δημιουργηθεί ο κόσμος όπως τον ξέρουμε τώρα.

A time before the world as we know it now had ever been made.

Υπήρχαν ανθρωποθυσίες και παράξενες κληρονομικές τελετουργίες.

There were human sacrifices and queer hereditary rituals.

Και όλη τους η λατρεία απευθυνόταν σε έναν υπέρτατο τορνασούκ.

And all their worship was directed at a supreme tornasuk.

Ο καθηγητής Γουέμπ είχε πάρει ένα φωνητικό αντίγραφο από ένα ηλικιωμένο ανγκέκο.

Professor Webb had taken a phonetic copy from an aged angekok.

Είχε μεταγγράψει τις ψαλμωδίες του μάγου-ιερέα όσο καλύτερα μπορούσε.

He had transcribed the wizard-priest's chants as best he could.

Αλλά προς το παρόν αυτές οι μεταγραφές δεν είχαν πρωταρχική σημασία.

But currently these transcriptions weren't of prime significance.

Η αίρεση είχε μια αγαπημένη πέτρα που λάτρευαν.

The cult had a cherished stone that they worshipped.

Χόρεψαν ξέφρενα όταν το σέλας πήδηξε πάνω από τους παγωμένους βράχους.

They danced wildly when the aurora leaped over the ice cliffs.

Και στη μέση του χορού τους ήταν η παράξενη πέτρα.

And in the midst of their dance was the strange stone.

Ήταν, δήλωσε ο καθηγητής, ένα πολύ πρόχειρο ανάγλυφο από πέτρα.

It was, the professor stated, a very crude bas-relief of stone.

Η πέτρα περιείχε μια αποκρουστική εικόνα και κάποια κρυπτική γραφή.

The stone comprised a hideous picture and some cryptic writing.

Και από όσο μπορούσε να καταλάβει, αυτή η πέτρα ήταν ένα πρόχειρο παράλληλο.

And as far as he could tell this stone was a rough parallel.

Η πέτρα είχε όλα τα ίδια βασικά χαρακτηριστικά των κτηνωδών πραγμάτων.

The stone had all the same essential features of bestial things.

Οι επιστήμονες δέχτηκαν αυτά τα δεδομένα με αγωνία και έκπληξη.

The scientists received this data with suspense and astonishment.

Ακόμα και ο Επιθεωρητής Λεγκράς είχε γρήγορα αρχίσει να ενδιαφέρεται για τη μυθολογία.

Even Inspector Legrasse had quickly gained an interest in mythology.

Και άρχισε αμέσως να γεμίζει τον πληροφοριοδότη του με ερωτήσεις.

And he began at once to ply his informant with questions.

Είχε σημειώσεις από τις προφορικές τελετουργίες των λάτρεις των λατρειών στο βάλτο.

He had notes of the oral ritual of the cult-worshipers in the swamp.

Παρακάλεσε τον καθηγητή να θυμηθεί τα ψαλμωδίες των διαβολικών Εσκιμώων.

He besought the professor to remember the diabolist Eskimos' chants.

Στη συνέχεια ακολούθησε μια εξαντλητική σύγκριση λεπτομερειών.

There then followed an exhaustive comparison of details.

Και μετά ακολούθησε μια στιγμή πραγματικά δέους και σιωπής.

And there then followed a moment of really awed silence.

Οι Εσκιμώοι μάγοι και οι ιερείς των βάλτων της Λουιζιάνα ήταν εντελώς διαφορετικοί κόσμοι.

The Eskimo wizards and the Louisiana swamp-priests were worlds apart.

Κι όμως υπήρχε μια φράση που είχαν κοινό οι δύο κολασμένες τελετουργίες.

And yet there was a phrase the two hellish rituals had in common.

« Φ'νγκλούι » mglw'nafh Cthulhu R'lyeh wgah'nagl fhtagn ." (Φωτογραφία)

"Ph'nglui mglw'nafh Cthulhu R'lyeh wgah'nagl fhtagn."

***

Ο Λεγκράς είχε ένα πλεονέκτημα έναντι του καθηγητή Γουέμπ.

Legrasse had one advantage over Professor Webb.

Είχε μιλήσει με αρκετούς από τους μιγάδες κρατούμενούς του.

He had spoken to several of his mongrel prisoners.

Μερικοί από αυτούς είχαν παραβλέψει τη σημασία της φράσης.

Some of them had passed on the phrase's meaning.

«Στο σπίτι του στο Ρ'λιέχ, ο νεκρός Κθούλου περιμένει ονειρευόμενος.»

"In his house at R'lyeh dead Cthulhu waits dreaming."

Έτσι η προσοχή στράφηκε ξανά στον Επιθεωρητή Λεγκράς .

So the attention turned back to Inspector Legrasse.

Και τον εξέτασαν με πολλές ασύνδετες ερωτήσεις.

And he was probed with many disconnected questions.

Περιέγραψε λεπτομερώς την εμπειρία του με τους πιστούς από το βάλτο.

He detailed his experience with the worshipers from the swamp.

Ο θείος μου απέδωσε βαθιά σημασία στην ιστορία.

My uncle attached profound significance to the story.
Η έκθεση απολάμβανε τα πιο τρελά όνειρα των μυθοποιών.
The report savored of the wildest dreams of myth-makers.
Οι Θεοσοφιστές δεν θα μπορούσαν να είχαν προσφέρει περισσότερη φαντασία.
Theosophists could not have provided more imagination.
Αλλά οι φιλοσοφίες προήλθαν από απροσδόκητες πηγές.
But the philosophies came from unexpected sources.
Οι ημι-κάστες και οι παρίες έλεγαν αυτές τις φανταστικές ιστορίες.
Half-castes and pariahs told these fantastical stories.
Την 1η Νοεμβρίου 1907, η αλυσίδα των γεγονότων του ξεδιπλώθηκε.
On November 1st, 1907, his chain of events unfolded.
Η αστυνομία της Νέας Ορλεάνης έλαβε απεγνωσμένες κλήσεις.
The New Orleans police received desperate calls.
Τους κάλεσαν στην περιοχή των βάλτων και των λιμνοθαλασσών στα νότια.
They were called to the swamp and lagoon country to the south.
Οι έποικοι εκεί ήταν ως επί το πλείστον πρωτόγονοι, αλλά καλοπροαίρετοι.
The settlers there were mostly primitive, but good-natured.
Οι περισσότεροι που ζούσαν κοντά στο βάλτο ήταν απόγονοι των ανδρών του Λαφίτ.
Most living by the swamp were descendants of Lafitte's men.
Αλλά τώρα βρίσκονταν στη μέγγενη ενός άγριου τρόμου.
But now they were in the grip of stark terror.
Κάτι άγνωστο τους είχε κλέψει τη νύχτα.
An unknown thing had stolen upon them in the night.
Προφανώς, το βουντού ήταν αυτό που προκάλεσε την αναστάτωση.
It was voodoo, apparently, that caused the disturbance.

Αλλά ήταν ένα βουντού σε αντίθεση με τις άλλες μορφές βουντού.

But it was a voodoo unlike the other forms of voodoo.

Βουντού ενός πιο τρομερού είδους από ό,τι είχαν γνωρίσει ποτέ.

Voodoo of a more terrible sort than they had ever known.

Μερικές από τις γυναίκες και τα παιδιά τους είχαν εξαφανιστεί.

Some of their women and children had disappeared.

Ένα κακόβουλο τύμπανο είχε αρχίσει να χτυπάει ασταμάτητα.

A malevolent drumming had begun its incessant beating.

Μακριά και βαθιά μέσα σε αυτά τα σκοτεινά, μαύρα στοιχειωμένα δάση.

Far and deep within those dark, black haunted woods.

Εκεί, όπου κανένας κάτοικος δεν τολμούσε να πλησιάσει.

There, where no dweller dared to ventured close to.

Ακούγονταν τρελές φωνές και φρικιαστικές κραυγές.

There were insane shouts and harrowing screams.

Ψυχοφθόρα άσματα και χορευτικές διαβολικές φλόγες.

Soul-chilling chants and dancing devil-flames.

Ο αγγελιοφόρος και ο λαός του δεν άντεχαν άλλο.

The messenger and his people could stand it no more.

Ένα σώμα είκοσι αστυνομικών ξεκίνησε αργά το απόγευμα.

A body of twenty police set out in the late afternoon.

Και ένας τρέμοντας άποικος ήρθε μαζί τους ως οδηγός.

And a shivering settler came with them as a guide.

***

Στο τέλος του βατού δρόμου κατέβηκαν.

At the end of the passable road they alighted.

Για μίλια και μίλια έβγαζαν νερό στο νερό σιωπηλοί.

For miles and miles they splashed on in silence.

Και συνέχισαν μέσα από το τρομερό δάσος με κυπαρίσσια.

And they went on through the terrible cypress woods.

Σκοτεινό, σκοτεινό δάσος σε ποια μέρα αλλά σχεδόν ποτέ δεν ήρθε.

Dark, dark woods in which day but almost never came.

Οι άσχημες ρίζες στήνουν παγίδες γι' αυτούς στο υγρό έδαφος.

Ugly roots set traps for them in the wet ground.

Κακοήθης κρεμαστές θηλιές από ισπανικά βρύα τους τυλίγωναν.

Malignant hanging nooses of Spanish moss beset them.

Στο βάθος ο οικισμός σιγά σιγά εμφανίστηκε.

In the distance the settlement slowly came into sight.

Οι υστερικοί κάτοικοι έτρεξαν έξω από τις άθλιες καλύβες.

Hysterical dwellers ran out of the miserable huts.

Συγκεντρώθηκαν γύρω από την ομάδα των φαναριών που λικνίζονταν.

They clustered around the group of bobbing lanterns.

Πολύ, πολύ πιο μπροστά μπορούσε να ακουστεί η αιτία όλου του φόβου.

Far, far ahead the cause of all the fear could be heard.

Ο πνιχτός ρυθμός των τυμπάνων ακουγόταν τώρα αμυδρά.

The muffled beat of drums was now faintly audible.

Κατά καιρούς ο άνεμος άλλαζε κατεύθυνση και αποκάλυπτε διαφορετικούς ήχους.

At times the wind shifted and revealed different sounds.

Σπαρακτικές κραυγές ακούγονταν σε αραιά χρονικά διαστήματα.

Curdling shrieks were audible at infrequent intervals.

Μια κοκκινωπή λάμψη φάνηκε να φιλτράρεται μέσα από τα χαμηλά φυτά.

A reddish glare seemed to filter through the undergrowth.

Οι έποικοι δίσταζαν να μείνουν ξανά μόνοι τους.

The settlers were reluctant to be left alone again.

Αλλά κι αυτοί αρνήθηκαν κατηγορηματικά να προχωρήσουν.

But they point blank refused to move forwards either.

Έτσι, ο επιθεωρητής και οι συνάδελφοί του προχώρησαν χωρίς καθοδήγηση.

So the inspector and his colleagues plunged on unguided.

Και μπήκαν στις μαύρες στοές του τρόμου.

And they went into the black arcades of horror.

Η περιοχή ήταν παραδοσιακά μια περιοχή με κακή φήμη.

The region was one of traditionally evil repute.

Οι εκτάσεις ήταν ουσιαστικά άγνωστες στους λευκούς άνδρες.

The lands were substantially unknown by white men.

Δεν είχαν διασχίσει ακόμη πολλοί εξερευνητές αυτές τις περιοχές.

Not many explorers had traversed those regions yet.

Υπήρχαν επίσης θρύλοι για μια κρυμμένη λίμνη.

There were also legends of a hidden away lake.

Ένα υδάτινο σώμα που ακόμα δεν το έβλεπε κανείς θνητός.

A body of water still unglimpsed by mortal sight.

Λέγεται ότι στη λίμνη κατοικούσε ένα παράξενο πλάσμα.

In the lake it was said there dwelt a strange creature.

Ένα τεράστιο, άμορφο λευκό πολύποδο πράγμα με λαμπερό μάτι.

A huge, formless white polypous thing with luminous eye.

Και οι έποικοι ψιθύριζαν για διαβόλους με φτερά νυχτερίδας.

And settlers whispered about bat-winged devils.

Πέταξαν πάνω από σπηλιές από το εσωτερικό της γης.

They flew up out of caverns from the inner earth.

Και μαζί οι δαίμονες το λατρεύουν τα μεσάνυχτα.

And together the demons worship it at midnight.

Είπαν ότι ήταν εκεί πριν από το Ντ'Ιμπερβίλ.

They said it had been there before D'Iberville.

Είπαν ότι υπήρχε εκεί και πριν από τη Λα Σαλ.

They said it had been there before La Salle too.

Είπαν ότι υπήρχε εκεί πριν από τους ιθαγενείς Αμερικανούς.

They said it was there before the Native Americans.

Ίσως να υπήρχε ακόμη και πριν από τα υγιή ζώα.

Perhaps it was even there before the wholesome beasts.

Ήταν ο ίδιος ένας εφιάλτης που έκανε τους άντρες να ονειρεύονται.

It was a nightmare itself that made men dream.

Και το να βλέπεις αυτό το πράγμα ήταν το ίδιο με τον θάνατο.

And to see the thing was the same as death.

Έτσι είχαν αρκετή προειδοποίηση ώστε να μείνουν μακριά.

And so they had enough warning to know to keep away.

Επειδή όντως εκεί τους είχαν προειδοποιήσει ότι ήταν.

Because it was indeed where they were warned it was.

Το όργιο βουντού βρισκόταν στις παρυφές αυτής της απεχθούς περιοχής.

The voodoo orgy was on the fringe of this abhorred area.

Αλλά η τοποθεσία ήταν ήδη αρκετά κακή από μόνη της.

But the location was already bad enough by itself.

Οι δραστηριότητες βουντού απλώς πρόσθεσαν στον τρόμο.

The voodoo activities only added to the horror.

Ίσως η ποίηση θα μπορούσε να αποδώσει δικαιοσύνη στους θορύβους που ακούγονται.

Perhaps poetry could do justice to the noises heard.

Αλλιώς, μόνο η τρέλα θα βοηθούσε κάποιον να καταλάβει.

Otherwise only madness would help one understand.

Αλλά ο Λεγκράς συνέχισε να οργώνει μέσα στο μαύρο βάλτο.

But Legrasse's plowed on through the black morass.

Ο ήχος των πνιχτών τυμπάνων κρυσταλλώθηκε σιγά σιγά.

The sound of the muffled drumming slowly crystalized.
Και συνέχισαν σταθερά προς την κόκκινη λάμψη.
And they continued steadily towards the red glare.

***

Υπάρχουν φωνητικές ιδιότητες που είναι ειδικές για
τους άνδρες.
There are vocal qualities specific to men.
Και υπάρχουν φωνητικές ιδιότητες που είναι ειδικές για
τα θηρία.
And there are vocal qualities specific to beasts.
Είναι τρομερό όταν το ένα κάνει τους ήχους του άλλου.
It is terrible when one makes the sounds of the other.
Η ζωώδης οργή τους απελευθέρωσε από τον ανθρώπινο
περιορισμό τους.
Animal fury freed them of their human restraint.
Η οργιαστική ακολασία τους έριξε σε δαιμονικά ύψη.
Orgiastic license whipped them into demoniac heights.
Ουρλιαχτά που έσχιζαν εκείνα τα αιώνια σκοτεινά
δάση.
Howls that tore through those perpetually dark woods.
Σκραυγάζουσες εκστάσεις που αντηχούσαν στο μυαλό
όλων.
Squawking ecstasies that echoed in everyone's mind.
Ακούγονται σαν λοιμώδεις καταιγίδες από τους
κόλπους της κόλασης.
Sounds like pestilential tempests from the gulfs of hell.
Κατά καιρούς οι λιγότερο οργανωμένοι ιαχές
σταματούσαν.
Now and then the less organized ululations would cease.
Μια καλομαθημένη χορωδία από βραχνές φωνές
υψώθηκε σε τραγούδι.
A well-drilled chorus of hoarse voices rose in singsong.
Και έψαλλαν εκείνη την απαίσια φράση της
τελετουργίας τους.
And they chanted that hideous phrase of their ritual.

« Φ'νγκλούι » mglw'nafh Cthulhu R'lyeh wgah'nagl fhtagn
"
"Ph'nglui mglw'nafh Cthulhu R'lyeh wgah'nagl fhtagn"
Έπειτα οι άντρες έφτασαν σε ένα σημείο όπου τα δέντρα
ήταν πιο αραιά.
Then the men reached a spot where the trees were sparser.
Ξαφνικά έρχονται μπροστά τους το ίδιο το θέαμα.
Suddenly they come in sight of the spectacle itself.
Τέσσερις από αυτούς έμειναν άναυδοι από τα φρικτά
πράγματα που είδαν.
Four of them reeled from the horrible things they saw.
Ένας άντρας λιποθύμησε και δύο ξέσπασαν σε
φρενήρεις κλάματα.
One man fainted, and two were shaken into a frantic cry.
Ευτυχώς οι κραυγές τους δεν ακούστηκαν από άλλα
αυτιά.
Fortunately their screams were not heard by other ears.
Η τρελή κακοφωνία του οργίου πάγωσε τις κραυγές
τους.
The mad cacophony of the orgy deadened their screams.
Ο Λεγκράς έριξε νερό από τον βάλτο πάνω στον
λιποθυμούντα άντρα.
Legrasse splashed swamp water on the fainting man.
Σηκώθηκαν ξανά, αλλά σχεδόν υπνωτισμένοι από
τρόμο.
They stood up again, but nearly hypnotized with horror.
Σε ένα φυσικό ξέφωτο του βάλτου βρισκόταν ένα
χορταριασμένο νησί.
In a natural glade of the swamp stood a grassy island.
Το καταπράσινο νησί εκτεινόταν ίσως για ένα στρέμμα.
The grassy island extended perhaps for an acre.
Και η περιοχή ήταν καθαρή από δέντρα και ανεκτά
ξηρή.
And the area was clear of trees and tolerably dry.
Μια ορδή από ανθρώπινες ανωμαλίες πήδηξε και
στριφογύρισε.
A horde of human abnormality leaped and twisted.

Κανένας Σάιμ δεν μπορούσε να ζωγραφίσει αυτό που έβλεπαν οι άντρες.

No Sime could paint what the men were seeing.

Κανένας Ανγκαρόλα δεν έχει ζωγραφίσει ποτέ μια τόσο απερίγραπτη σκηνή.

No Angarola has ever painted such an indescribable scene.

Το υβριδικό γόνο έφτιαξε μια τερατώδη φωτιά σε σχήμα δακτυλίου.

The hybrid spawn made a monstrous ring-shaped bonfire.

Γκαρίζαν ουρλιάζοντας και σπαρταρούσαν μέσα στη γύμνια τους.

They brayed bellowed and writhed about in their nudity.

Περιστασιακά υπήρχαν ρωγμές στην αυλαία της φλόγας.

Occasionally there were rifts in the curtain of flame.

Και εκεί αποκαλύφθηκε το αντικείμενο της λατρείας τους.

And there the object of their worship revealed itself.

Στη μέση της φωτιάς στεκόταν ένας μεγάλος μονόλιθος από γρανίτη.

In the midst of the fire stood a great granite monolith.

Η πέτρινη κατασκευή είχε ύψος μόνο περίπου οκτώ πόδια.

The stone structure was only about eight feet in height.

Και το επιβλαβές σκαλιστό αγαλματίδιο ακουμπούσε πάνω στον μονόλιθο.

And the noxious carven statuette rested on the monolith.

Το αδράνεια ήταν σχεδόν ασύμβατο στη μικροσκοπικότητά του.

The idle was almost incongruous in its diminutiveness.

Σε ομοιόμορφη απόσταση, είχαν στηθεί σκαλωσιές γύρω από τη φωτιά.

Spaced evenly, scaffolds had been erected around the fire.

Από τη σκαλωσιά κρέμονταν αρκετά παραμορφωμένα σώματα.

From the scaffolding hung a number of marred bodies.

Τα σώματα όσων είχαν εξαφανιστεί από κοντά.

The bodies of those that had disappeared from nearby.

Μέσα σε αυτόν τον κύκλο βρισκόταν ο κύκλος των λατρευτών.

It was inside this circle the ring of worshipers were.

Και βρυχήθηκαν και πήδηξαν σε ξέφρενη έκσταση.

And they roared and jumped in the frantic trance.

Η γενική κατεύθυνση της κίνησης ήταν αριστερόστροφη.

The general direction of the motion was anti-clockwise.

Ο δακτύλιος των σωμάτων που κυκλώνουν γύρω από τον δακτύλιο της φωτιάς.

The ring of bodies circling around the ring of fire.

Ένας άντρας θυμήθηκε άλλες λεπτομέρειες, ακόμη πιο ανησυχητικές.

One man recollected other details even more concerning.

Αλλά ίσως οι ηχώ τον έκαναν να ακούσει και άλλα πράγματα.

But perhaps the echoes induced him to hear other things.

Φαντάστηκε ότι άκουσε αντιφωνικές απαντήσεις στην τελετουργία.

He fancied he heard antiphonal responses to the ritual.

Θόρυβοι από ένα αφώτιστο σημείο βαθύτερα μέσα στο δάσος.

Noises from an unillumined spot deeper within the woods.

Αυτόν τον άντρα, τον Τζόζεφ Ντ. Γκάλβεζ, τον γνώρισα αργότερα και τον ανέκρινα.

This man, Joseph D. Galvez, I later met and questioned.

Και αποδείχθηκε πράγματι ότι ήταν απίστευτα ευφάνταστος.

And he proved to indeed be distractingly imaginative.

Υπαινίχθηκε μάλιστα το αχνό χτύπημα μεγάλων φτερών.

He even hinted at the faint beating of great wings.

Και υπέδειξε ότι υπήρχε μια λάμψη από λαμπερά μάτια.

And he suggested there was a glimpse of shining eyes.

Και πέρα από τα δέντρα, ένας ορεινός λευκός όγκος από κάτι.

And beyond the trees, a mountainous white bulk of something.
Υποθέτω ότι είχε ακούσει πάρα πολλές ιθαγενείς δεισιδαιμονίες.
I suppose he had heard too much native superstition.
Αλλά στην πραγματικότητα η φρικιαστική παύση ήταν σχετικά σύντομη.
But actually the horrified pause was relatively brief.
Το καθήκον ήταν πάνω απ' όλα, και είχαν έρθει για να κάνουν μια δουλειά.
Duty came first, and they had come to do a job.

***

Πρέπει να υπήρχαν σχεδόν εκατό μιγάδες που γιόρταζαν.
There must have been nearly a hundred mongrel celebrants.
Αλλά η αστυνομία μπορούσε να βασιστεί στα πυροβόλα όπλα της.
But the police were able to rely on their firearms.
Και βυθίστηκαν αποφασιστικά στην αηδιαστική καταιγίδα.
And they plunged determinedly into the nauseous rout.
Για πέντε λεπτά ο χαοτικός θόρυβος ήταν απερίγραπτος.
For five minutes the chaotic din was beyond description.
Δέχθηκαν άγρια χτυπήματα και έπεσαν πυροβολισμοί.
Wild blows were struck and shots were fired.
Κάποιοι διέφυγαν τη σύλληψη τρέχοντας στο σκοτάδι.
Some escaped arrest by running into the darkness.
Είχαν καλύτερη γνώση της διάταξης του βάλτου.
They had a better knowledge of the layout of the swamp.
Αλλά ο Λεγκράς και οι άντρες του έπιασαν περίπου τους μισούς.
But Legrasse and his men caught around half of them.
Και μέτρησαν γύρω στους σαράντα επτά σκυθρωπούς κρατούμενους.
And they counted around forty-seven sullen prisoners.
Αναγκάστηκαν να ξαναντυθούν τα ρούχα τους.

They were forced to put on their clothes again.
Και παρατάχθηκαν ανάμεσα σε δύο σειρές αστυνομικών.
And they fell into line between two rows of policemen.
Πέντε από τους προσκυνητές κείτονταν νεκροί δίπλα στη φωτιά.
Five of the worshipers lay dead by the fire.
Δύο σοβαρά τραυματισμένοι κρατούμενοι μεταφέρθηκαν μακριά.
Two severely wounded prisoners were carried away.
Φυσικά, η εικόνα στον μονόλιθο αφαιρέθηκε.
Of course the image on the monolith was removed.
ο Λεγκράς πήγε τα αποδεικτικά στοιχεία στο αστυνομικό τμήμα.
Legrasse himself took the evidence to the police station.
Το ταξίδι της επιστροφής στα κεντρικά γραφεία ήταν εξαιρετικά απαιτητικό.
The trip back to the headquarters was of intense strain.
Οι άνδρες εξετάστηκαν όταν επέστρεψαν στον πολιτισμό.
The men were examined when they got back to civilization.
Όλοι οι κρατούμενοι αποδείχθηκαν άνθρωποι πολύ ταπεινού τύπου.
The prisoners all proved to be men of a very low type.
Ήταν όλοι μιγάδες και διανοητικά ανώμαλοι.
They were all mixed-blooded, and mentally aberrant.
Οι περισσότεροι ήταν ναυτικοί στο επάγγελμα ή σε κάποια παρόμοια επαγγέλματα.
Most were seamen by trade, or some similar professions.
Νέγροι και μιγάδες ήταν σκορπισμένοι ανάμεσά τους.
Negroes and mulattoes were sprinkled among them.
Αλλά οι περισσότεροι φαινόταν να είναι Δυτικοϊνδοί ή Πορτογάλοι Μπράβα.
But most seemed to be West Indians or Brava Portuguese.
Προέρχονταν κυρίως από τα νησιά του Πράσινου Ακρωτηρίου.
They primarily came from the Cape Verde Islands.

Έδωσαν στην ετερογενή αίρεση μια χροιά
βουντουισμού.
They gave the heterogeneous cult a coloring of voodooism.
Αλλά δεν υπήρχε καν λόγος να κάνω πάρα πολλές
ερωτήσεις.
But there wasn't even a need to ask too many questions.
Το συμπέρασμα έγινε γρήγορα φανερό από μόνο του.
The conclusion quickly became manifest by itself.
Εμπλεκόταν κάτι πολύ βαθύτερο από τον φετιχισμό των
νέγρων.
Something far deeper than negro fetishism was involved.
Αν και αδαείς, η ιστορία τους ήταν συνεπής.
Although ignorant, but their story was consistent.
Όλα τα πλάσματα μιλούσαν για την ίδια κεντρική ιδέα.
The creatures all spoke of the same central idea.
Σίγουρα όλοι τους μοιράζονταν την ίδια απεχθή πίστη.
They certainly all shared the same loathsome faith.
Λάτρευαν, έτσι έλεγαν, τους μεγάλους παλιούς.
They worshiped, so they said, the great old ones.
Οι μεγάλοι παλιοί έζησαν πολύ πριν υπάρξουν
άνθρωποι.
The great old ones lived long before there were any men.
Και ήρθαν στον νεαρό κόσμο από τον ουρανό.
And they came to the young world out of the sky.
Αυτά τα παλιά είχαν πλέον εξαφανιστεί, εξήγησαν.
Those old ones were now gone, they explained.
Βρίσκονταν τώρα μέσα στη γη και κάτω από τη
θάλασσα.
They were now inside the earth and under the sea.
Αλλά τα νεκρά σώματά τους βρήκαν τρόπους να πουν
τα μυστικά τους.
But their dead bodies found ways to tell their secrets.
Ψιθύρισαν στα όνειρα των πρώτων ανθρώπων.
They whispered into the dreams of the first men.
Και οι πρώτοι άνδρες σχημάτισαν μια αίρεση που δεν
πέθανε ποτέ.
And the first men formed a cult which has never died.

Η αίρεση υπήρχε ανέκαθεν και θα υπάρχει πάντα.
The cult had always existed, and always would exist.
Οι οπαδοί τους ήταν κρυμμένοι σε ερημιές σε όλο τον κόσμο.
Their followers were hidden in wastes all over the world.
Οι ακόλουθοί τους βρίσκονταν σε σκοτεινά μέρη που οι εξερευνητές παρέβλεπαν.
Their followers were in dark places explorers overlooked.
Και θα παρέμεναν κρυμμένοι μέχρι να τους καλέσουν.
And they would remain hidden until they were called.
Όταν ο μέγας ιερέας Κθούλου ανεβαίνει ξανά στην επιφάνεια.
When the great priest Cthulhu rises again to the surface.
Όταν ο Κθούλου επαναφέρει τη γη υπό την κυριαρχία του.
When Cthulhu brings the earth again beneath his sway.
Όταν ο Κθούλου φεύγει από το σκοτεινό σπίτι του στην ισχυρή πόλη Ρ'λυέχ .
When Cthulhu leaves from his dark house in the mighty city of R'lyeh.
Κάποια μέρα θα πήγαινε να καλέσει, όταν τα αστέρια θα ήταν έτοιμα.
Some day he was going call, when the stars were ready.
Και η μυστική αίρεση θα περιμένει πάντα να τον απελευθερώσει.
And the secret cult will always be waiting to liberate him.
Εν τω μεταξύ, δεν πρέπει να ειπωθεί τίποτα περισσότερο από την ιστορία του.
Meanwhile, no more of his story must be told.
Υπήρχε ένα μυστικό που ούτε καν βασανιστήρια δεν μπορούσαν να αποκρυπτογραφήσουν.
There was a secret even torture could not extract.
Η ανθρωπότητα δεν ήταν η μόνη ανάμεσα στα συνειδητά πράγματα της γης.

Mankind was not alone among the conscious things of earth.

Επειδή σχήματα βγήκαν από το σκοτάδι για να επισκεφτούν τους λίγους πιστούς.

Because shapes came out of the dark to visit the faithful few.

Αλλά αυτά δεν ήταν τα μεγάλα παλιά.

But these were not the great old ones.

Κανείς άνθρωπος δεν είχε δει ποτέ τους μεγάλους παλιούς.

No man had ever seen the great old ones.

Το σκαλιστό είδωλο ήταν του μεγάλου Κθούλου.

The carven idol was of great Cthulhu.

Κανείς δεν μπορούσε να πει αν οι άλλοι ήταν σαν αυτόν.

None could say whether the others were like him.

Κανείς δεν μπορούσε πλέον να διαβάσει την παλιά γραφή.

No one could read the old writing now.

Αντίθετα, τα πράγματα λέγονταν από στόμα σε στόμα.

Instead, things were told by word of mouth.

Το ψαλμένο τελετουργικό δεν ήταν το μυστικό.

The chanted ritual was not the secret.

Το μυστικό δεν ειπώθηκε ποτέ δυνατά, μόνο ψιθυρίστηκε.

The secret was never spoken aloud, only whispered.

Το άσμα σήμαινε ένα πράγμα, και μόνο ένα πράγμα:

The chant meant one thing, and one thing alone:

«Στο σπίτι του στο Ρ'λιέχ, ο νεκρός Κθούλου περιμένει ονειρευόμενος.»

"In his house at R'lyeh dead Cthulhu waits dreaming."

Μόνο δύο από τους κρατούμενους βρέθηκαν αρκετά λογικοί ώστε να απαγχονιστούν.

Only two of the prisoners were found sane enough to be hanged.

Οι υπόλοιποι ήταν αφοσιωμένοι σε διάφορα ιδρύματα.

The rest of them were committed to various institutions.

Όλοι αρνήθηκαν ότι συμμετείχαν σε τελετουργικές δολοφονίες.

All denied to have taken any part in the ritual murders.

Είπαν ότι η δολοφονία είχε διαπραχθεί από κάποιον άλλο.

They said the killing had been done by something else.

«Αυτοί με τα μαύρα φτερά», επέμεινε ο καθένας, ξεχωριστά.

"The black-winged ones," the each insisted, separately.

Είχαν έρθει σε αυτούς από τον αμνημονεύτων χρόνων τόπο συνάντησής τους.

They had come to them from their immemorial meeting-place.

Είχαν αναδυθεί από τα στοιχειωμένα δάση.

They had arisen out from the haunted woodlands.

Αλλά οι ιστορίες για μυστηριώδεις συμμάχους ήταν ασυνεπείς.

But the stories of mysterious allies were inconsistent.

***

Αυτό που αποσπά η αστυνομία προερχόταν κυρίως από έναν άνδρα.

What the police did extract came mainly from one man.

Ένας εξαιρετικά ηλικιωμένος μελίσσος ονόματι Κάστρο.

An immensely aged mestizo named Castro.

Ισχυρίστηκε ότι είχε πλεύσει σε παράξενα λιμάνια.

He claimed to have sailed to strange ports.

Και είπε ότι είχε πάει στα βουνά της Κίνας.

And he said he had been to the mountains of China.

Εκεί μίλησε με αθάνατους ηγέτες της αίρεσης.

There he talked with undying leaders of the cult.

Ο γέρος Κάστρο θυμόταν αποσπάσματα από έναν αποκρουστικό θρύλο.

Old Castro remembered bits of hideous legend.

Οι θρύλοι του αχνούσαν τις εικασίες των θεοσοφιστών.

His legends paled the speculations of theosophists.

Οι ιστορίες του έκαναν τον άνθρωπο να μοιάζει με πρόσφατη δημιουργία.

His stories made man seem like a recent creation.

Ακόμα και ο κόσμος ήταν εφήμερος στην αφήγηση των πραγμάτων.

Even the world was transient in his account of things.

Υπήρξαν αιώνες που άλλα Πράγματα κυβερνούσαν τη γη.

There had been eons when other Things ruled on the earth.

Και είχαν μεγάλες πόλεις εδώ στη γη.

And they had had great cities here on the earth.

Οι αθάνατοι Κινέζοι του αποκάλυψαν κρυμμένα μυστικά.

The deathless Chinamen told him reserved secrets.

Του είχε πει ότι τα ερείπιά τους μπορούσαν ακόμα να βρεθούν.

He had told him their ruins could still be found.

Υπήρχαν ακόμα κυκλώπειες πέτρες σε νησιά στον Ειρηνικό.

There were still Cyclopean stones on islands in the Pacific.

Όλοι πέθαναν τεράστιες χρονικές περιόδους πριν από την εμφάνιση του ανθρώπου.

They all died vast epochs of time before man came.

Υπήρχαν όμως γνώσεις και πρακτικές στις αρχαίες τέχνες.

But there were knowledges and practices in ancients arts.

Ειδικές τελετουργίες που θα μπορούσαν να τους αναβιώσουν ξανά με τον καιρό.

Special rituals which could revive them again, in time.

Στον κύκλο της αιωνιότητας η επιστροφή τους ήταν αναπόφευκτη.

In the cycle of eternity their return was inevitable.

Όταν τα αστέρια γυρίσουν ξανά στις σωστές θέσεις

When the stars come round again to the right positions

Είχαν, πράγματι, έρθει και οι ίδιοι από τα αστέρια.

They had, indeed themselves come from the stars.

«Αυτοί οι σπουδαίοι παλιοί», συνέχισε ο Κάστρο.

"These great old ones," Castro continued.

Δεν αποτελούνταν εξ ολοκλήρου από σάρκα και αίμα.

They were not composed entirely of flesh and blood.

«Είχαν σχήμα», επέμεινε ο Κάστρο με σιγουριά.
They had shape," Castro insisted, confidently.
Και είχε παράξενες αποδείξεις για αυτά που πίστευε.
And he had strange proof for what he believed.
Αλλά το σχήμα που πήραν δεν ήταν φτιαγμένο από ύλη.
But the shape they took on was not made of matter.
Όταν τα αστέρια ήταν στις σωστές τους θέσεις.
When the stars were in their right positions.
Τότε θα μπορούσαν να βυθιστούν από τον έναν κόσμο στον άλλο.
Then they could plunge from one world to another.
Επειδή μπορούν να κινούνται στον ουρανό.
Because they can move themselves through the sky.
Αλλά όταν τα αστέρια έκαναν λάθος, δεν μπορούν να ζήσουν.
But when the stars were wrong, they cannot live.
Και είναι αλήθεια ότι δεν ζουν πλέον όπως εμείς.
And it is true that they no longer live like we do.
Αλλά παρά ταύτα, ούτε αυτοί πεθαίνουν ποτέ στην πραγματικότητα.
But despite that, they never really die either.
Ξεκουράζονται σε πέτρινα σπίτια στη μεγάλη πόλη τους, τη Ρ'λυέχ .
They rest in stone houses in their great city of R'lyeh.
Διατηρούνται από τα ξόρκια του πανίσχυρου Κθούλου.
They are preserved by the spells of mighty Cthulhu.
Έτσι, κείτονται εκεί, ανεπηρέαστα από το πέρασμα του χρόνου.
So there they lie, unaffected by the passing of time.
Και περιμένουν μια άλλη ένδοξη ανάσταση.
And they wait for another glorious resurrection.
Όταν τα αστέρια και η γη θα είναι ξανά έτοιμα γι' αυτά.
When the stars and earth are ready for them again.
Αλλά εξακολουθούν να εξαρτώνται από μια εξωτερική δύναμη.
But they are still dependent on an outside force.

Μια δύναμη από έξω χρησίμευσε για να απελευθερώσει τα σώματά τους.

A force from outside served to liberate their bodies.

Τα ξόρκια τα διατήρησαν και τα κράτησαν άθικτα.

The spells preserved them and kept them intact.

Αλλά τα ξόρκια τους εμπόδισαν επίσης να απελευθερωθούν.

But the spells also kept them from breaking free.

Έτσι μπορούσαν μόνο να μένουν ξύπνιοι στο σκοτάδι και να σκέφτονται.

So they could only lie awake in the dark and think.

***

Στο μεταξύ, αμέτρητα εκατομμύρια χρόνια πέρασαν.

In the meantime uncounted millions of years rolled by.

Ήξεραν όλα όσα συνέβαιναν στο σύμπαν.

They knew all that was occurring in the universe.

Επειδή ο τρόπος ομιλίας τους μεταδιδόταν μέσω της σκέψης.

Because their mode of speech was transmitted thought.

Ακόμα και τώρα μιλούσαν στους τάφους τους.

Even now they were talking in their tombs.

Έπειτα, μετά από άπειρα χάη, ήρθαν οι πρώτοι άνθρωποι.

Then, after infinities of chaos, the first men came.

Οι μεγάλοι παλιοί μιλούσαν στους ευαίσθητους ανάμεσά τους.

The great old ones spoke to the sensitive among them.

Τους μίλησαν πλάθοντας τα όνειρά τους.

They spoke to them by molding their dreams.

Μόνο με αυτόν τον τρόπο θα μπορούσε η γλώσσα τους να φτάσει στα σαρκικά μυαλά των θηλαστικών.

Only that way could their language reach the fleshly minds of mammals.

Έπειτα, ψιθύρισε ο Κάστρο, αυτοί οι πρώτοι άνδρες σχημάτισαν την αίρεση.

Then, whispered Castro, those first men formed the cult.

Οργανώθηκαν γύρω από μικρά είδωλα.

They organized themselves around small idols.

Τα μικρά είδωλα που τους είχαν δείξει οι μεγάλοι.

The small idols which the great ones had shown them.

Είδωλα φερμένα από αμυδρές εποχές από σκοτεινά αστέρια.

Idols brought from dim eras from dark stars.

Αυτή η αίρεση δεν θα πέθαινε ποτέ μέχρι να ξαναγυρίσουν τα άστρα.

That cult would never die till the stars came right again.

Οι μυστικοί ιερείς επρόκειτο να πάρουν τον μεγάλο Κθούλου από τον τάφο Του.

The secret priests were going to take great Cthulhu from His tomb.

Και επρόκειτο να αναζωογονήσουν τους υπηκόους Του.

And they were going to revive His subjects.

Και τότε ο Κθούλου επρόκειτο να επαναλάβει την κυριαρχία Του στη γη.

And then Cthulhu was going to resume His rule of earth.

Η κατάλληλη στιγμή επρόκειτο να αποκαλυφθεί ξεκάθαρα.

The right time was going to reveal itself quite clearly.

Εκείνη την εποχή η ανθρωπότητα θα έχει γίνει όπως οι μεγάλοι αρχαίοι.

At that time mankind will have become as the great old ones.

Θα είναι ελεύθεροι και άγριοι και πέρα από το καλό και το κακό.

They will be free and wild and beyond good and evil.

Οι νόμοι και η ηθική θα παραμεριστούν.

Laws and morals are going to be thrown aside.

Όλοι οι άνθρωποι θα φωνάζουν και θα σκοτώνουν και θα γλεντούν από χαρά.

All men will be shouting and killing and reveling in joy.

Τότε οι απελευθερωμένοι παλιοί θα τους διδάξουν τους νέους τρόπους.

Then the liberated old ones will teach them the new ways.

Νέοι τρόποι να φωνάζεις, να σκοτώνεις, να διασκεδάζεις και να απολαμβάνεις.

New ways to shout and kill and revel and enjoy.

Και όλη η γη θα φλέγεται από ένα ολοκαύτωμα έκστασης και ελευθερίας.

And all the earth will flame with a holocaust of ecstasy and freedom.

Εν τω μεταξύ, η αίρεση έπρεπε να εφαρμόζει τις κατάλληλες τελετουργίες.

Meanwhile the cult had to practice the appropriate rites.

Έπρεπε να κρατήσουν ζωντανή τη μνήμη αυτών των αρχαίων τρόπων.

They had to keep alive the memory of those ancient ways.

Και έπρεπε να επισκιάσουν την προφητεία της επιστροφής τους.

And they had to shadow forth the prophecy of their return.

Στα παλαιότερα χρόνια, εκλεκτοί άνδρες μιλούσαν με τους θαμμένους Παλαιότερους.

In the elder time chosen men spoke with the entombed Old Ones.

Οι θαμμένοι Παλαιοί τους μίλησαν στα όνειρά τους.

The entombed Old Ones spoke to them in their dreams.

Αλλά τότε κάτι διέκοψε τα μέσα επικοινωνίας τους.

But then something disturbed their means of communication.

Η μεγάλη πέτρα στην πόλη Ρ'λυέχ είχε βυθιστεί κάτω από τα κύματα.

The great stone in the city R'lyeh had sunk beneath the waves.

Και οι μονόλιθοι και οι τάφοι ήταν κάτω από τα νερά.

And the monoliths and sepulchers were beneath the waters.

Βαθιά νερά γεμάτα από το ένα αρχέγονο μυστήριο.

Deep waters full of the one primal mystery.

Νερά από τα οποία ούτε η σκέψη μπορεί να περάσει.

Waters through which not even thought can pass.

Νερό που διέκοψε τη φασματική τους επικοινωνία.

Water that cut off their spectral communication.

Αλλά η μνήμη των τελετουργιών και των τελετουργιών δεν πέθανε ποτέ.

But the memory of the rites and rituals never died.
Και οι αρχιερείς έλεγαν ότι η πόλη θα αναστηλωθεί.
And high priests said that the city would rise again.
Όταν τα αστέρια ήταν σωστά, ο Κθούλου επρόκειτο να επιστρέψει.
When the stars were right Cthulhu was going to return.
Τα μουχλιασμένα μαύρα πνεύματα της γης θα βγουν ξανά.
The moldy black spirits of the earth will come out again.
Σκιώδη μαύρα πνεύματα γεμάτα αμυδρές φήμες.
Shadowy black spirits full of dim rumors.

***

Τα πνεύματα μαζεύονταν σε σπηλιές κάτω από ξεχασμένους βυθούς.
The spirits collected in caverns beneath forgotten sea-bottoms.
Αλλά για αυτά τα πνεύματα ο γέρος Κάστρο δεν τολμούσε να μιλήσει πολύ.
But of those spirits old Castro dared not speak much.
Και βιαστικά διέκοψε τον εαυτό του από το θέμα.
And he hurriedly cut himself off from the topic.
Καμία πειθώ δεν θα μπορούσε να αποφέρει περισσότερα προς αυτή την κατεύθυνση.
No amount of persuasion could elicit more in this direction.
Καμία λεπτότητα δεν μπορούσε να τον πείσει να μιλήσει για αυτά τα πνεύματα.
No subtlety could convince him to speak of those spirits.
Το μέγεθος των παλιών, επίσης, αρνήθηκε περιέργως να το αναφέρει.
The size of the old ones, too, he curiously declined to mention.
Και για την αίρεση μίλησε επίσης πολύ λίγο.
And of the cult he spoke very little too.
Νόμιζε ότι το κέντρο βρισκόταν ανάμεσα στις άβατες ερήμους της Αραβίας.
He thought the center lay amid the pathless deserts of Arabia.

Εκεί στην Ιρέμ, την Πόλη των Στύλων, όνειρα κρυμμένα
και ανέγγιχτα.
There in Irem, the City of Pillars, dreams hidden and
untouched.
Αυτή η αίρεση δεν ήταν συνδεδεμένη με την ευρωπαϊκή
αίρεση των μαγισσών.
This cult was not allied to the European witch-cult.
Και η αίρεση ήταν ουσιαστικά άγνωστη πέρα από τα
μέλη της.
And the cult was virtually unknown beyond its members.
Κανένα βιβλίο δεν είχε ποτέ πραγματικά υπονοήσει τη
γνώση τους.
No book had ever really hinted of their knowledge.
Αν και οι αθάνατοι Κινέζοι έλεγαν ότι ο τρελός Άραβας
Αμπντούλ Αλχαζρέντ πλησίασε.
Though the deathless Chinamen said the mad Arab Abdul
Alhazred came close.
Είπε ότι υπήρχαν διπλές έννοιες στο Νεκρονομικόν του.
He said that there were double meanings in his Necronomicon.
Οι μυημένοι ήταν ελεύθεροι να το διαβάσουν αν ήθελαν.
The initiated were free to read it if they wanted to.
Και θα πρέπει να δώσουν ιδιαίτερη προσοχή σε ένα
δίστιχο.
And they should pay attention to one couplet in particular.
«Ό,τι δεν είναι νεκρό μπορεί να κοιμάται για πάντα»,
"That which is not dead can sleep for eternity,"
«Και σε παράξενους αιώνες, ακόμη και ο θάνατος
μπορεί να πεθάνει.»
"And with strange eons even death may die."
Ο Λεγκράς είχε εντυπωσιαστεί βαθιά από αυτά που
άκουσε.
Legrasse had been deeply impressed by what he heard.
Και δεν τον άφησε καθόλου άναυδο η ιστορία.
And he was not a little bewildered by the tale.
Ρώτησε μάταια για τις ιστορικές σχέσεις της αίρεσης.
He inquired in vain about the historic affiliations of the cult.

Ο Κάστρο, προφανώς, είχε πει την αλήθεια για τον όρκο μυστικότητας.
Castro, apparently, had told the truth about the oath of secrecy.
Οι αρχές του Πανεπιστημίου Tulane δεν μπορούσαν επίσης να προσφέρουν ιδιαίτερη βοήθεια.
The authorities at Tulane University could not offer much help either.
Δεν μπόρεσαν να ρίξουν φως ούτε στη λατρεία ούτε στην εικόνα.
The were not able to shed no light upon neither cult, nor the image.
Και τώρα ο ντετέκτιβ είχε φτάσει στις υψηλότερες αρχές της χώρας.
And now the detective had come to the highest authorities in the country.
Και δεν άκουσε τίποτα άλλο παρά την ιστορία του καθηγητή Γουέμπ στη Γροιλανδία.
And he heard none other than Professor Webb' tale in Greenland.

***

του Λεγκράς προκάλεσε πυρετώδες ενδιαφέρον στη συνάντηση.
Legrasse's tale aroused feverish interest at the meeting.
Η ιστορία δεν ήταν σημαντική μόνο στις συνέπειές της.
The story was not only significant in its implications.
Αλλά η ιστορία επιβεβαιωνόταν και από το αγαλματίδιο.
But the story was also corroborated by the statuette.
Ο ενθουσιασμός αντηχούσε στην επακόλουθη αλληλογραφία.
The excitement echoed in the subsequent correspondence.
Όσοι παρευρέθηκαν παρέμειναν σε στενή επαφή μεταξύ τους.
Those who attended stayed in close contact with each other.

Αν και γίνεται ελάχιστη αναφορά στις επίσημες δημοσιεύσεις.

Although scant mention occurs in the formal publications.

Η προσοχή είναι η πρώτη φροντίδα όσων έχουν συνηθίσει στην τσαρλατανία.

Caution is the first care of those accustomed to charlatanry.

Οι απάτες αποφεύγονται όσο το δυνατόν περισσότερο.

Impostures are kept out as much as it is possible.

Ο Λεγκράς δάνεισε για κάποιο διάστημα την εικόνα στον καθηγητή Γουέμπ.

Legrasse for some time lent the image to Professor Webb.

Αλλά με τον θάνατο του τελευταίου η εικόνα του επιστράφηκε.

But at the latter's death the image was returned to him.

Και η εικόνα παραμένει στην κατοχή του Λεγκράς.

And the image remains in Legrasse's possession.

Εδώ είδα την τρομερή εικόνα πριν από λίγο καιρό.

This is where I viewed the terrible image not long ago.

Η εικόνα είναι αναμφισβήτητα παρόμοια με το ονειρικό γλυπτό του Wilcox.

The image is unmistakably akin to Wilcox' dream-sculpture.

Δεν ήταν περίεργο που ο θείος μου ενθουσιάστηκε τόσο πολύ με την ιστορία του.

It was no wonder my uncle was so excited by his tale.

Και δεν με εκπλήσσει που κατέβαλε τις προσπάθειες που κατέβαλε.

And I'm not surprised he made the efforts he made.

Είχε ακούσει όλα όσα γνώριζε ο Λεγκράς για την αίρεση.

He had heard everything Legrasse knew of the cult.

Και τα παράξενα θρησκευτικά όνειρα ενός ευαίσθητου νεαρού άνδρα.

And the strange cultish dreams of a sensitive young man.

Το ανάγλυφο ακριβώς όπως αυτό από το βάλτο.

The bas-relief just like the one from the swamp.

Η προσθήκη της πλάκας του διαβόλου στη Γροιλανδία.

The addition of the devil tablet in Greenland.

Οι ίδιες ακριβώς λέξεις που χρησιμοποιούνται σε τρεις απομακρυσμένες εμφανίσεις.

The exact same words used in three remote occurrences.

Οι Εσκιμώοι διαβολιστές, οι μιγάδες στη Λουιζιάνα και μετά ο Γουίλκοξ.

The Eskimo diabolists, the mongrels in Louisiana, and then Wilcox.

Σε ποιο άλλο συμπέρασμα θα μπορούσε κανείς να καταλήξει;

What other conclusion could one possibly have come to?

Είναι φυσικό ο καθηγητής Άντζελ να κατέληξε σε αυτό το συμπέρασμα.

It's only natural Professor Angel pursued this conclusion.

Και δεν θα περίμενα να είναι λιγότερο σχολαστικός.

And I wouldn't have expected him to be less thorough.

Ο θείος μου ήταν άνθρωπος με αρχές και ακαδημαϊκή αυστηρότητα.

My great-uncle was a man of principled academic rigor.

Αν και ιδιωτικά είχα και άλλες εύλογες θεωρίες.

Though privately I also had other plausible theories.

Υποψιαζόμουν ότι ο νεαρός Γουίλκοξ είχε ακούσει για την αίρεση.

I suspected young Wilcox of having heard of the cult.

Ίσως είχε ακούσει για την αίρεση με κάποιο έμμεσο τρόπο.

Maybe he had heard of the cult in some indirect way.

Θα μπορούσε εύκολα να είχε εφεύρει μια σειρά από όνειρα.

He could easily have invented a series of dreams.

Με αυτόν τον τρόπο θα μπορούσε να εντείνει και να συνεχίσει το μυστήριο.

That way he could heighten and continue the mystery.

Οι αφηγήσεις ονείρων και τα αποκόμματα που συλλέχθηκαν φυσικά το επιβεβαιώνουν.

The dream-narratives and cuttings collected did of course corroborate.

Αλλά ο ορθολογισμός του μυαλού μου δεν είχε ακόμη
ικανοποιηθεί.
But the rationalism of my mind had not yet been satisfied.
Οι συμπτώσεις μπορούν επίσης να σχηματίσουν πολύ
πιστευτές ψευδαισθήσεις.
Coincidences can form highly believable illusions too.
Και πρέπει να έχουμε κατά νου την υπερβολή όλου του
θέματος.
And we have to bear in mind the extravagance of the whole
subject.
Έτσι, οδηγήθηκα στο να υιοθετήσω αυτά που
θεωρούσα τα πιο λογικά συμπεράσματα.
So I was led to adopt what I thought the most sensible
conclusions.
Μελέτησα διεξοδικά το χειρόγραφο από την αρχή.
I thoroughly studied the manuscript from the beginning.
Και συσχέτισα τις θεοσοφικές και ανθρωπολογικές
σημειώσεις.
And I correlated the theosophical and anthropological notes.
Συνέκρινα τη λογοτεχνία με την λατρευτική αφήγηση
του Λεγκράς .
I compared the literature with the cult narrative of Legrasse.
Έκανα ένα ταξίδι στην Πρόβιντενς για να δω τον
γλύπτη.
I made a trip to Providence to see the sculptor.
Και σκόπευα να του δώσω την επίπληξη που θεώρησα
πρέπουσα.
And I intended to give him the rebuke I thought proper.
Ένιωθα ότι πρέπει να υπάρχουν συνέπειες για το κόλπο
που έκανε.
There must be consequences, I felt, for the trick he played.
Είχε επιβληθεί με τόλμη σε έναν μορφωμένο και
ηλικιωμένο άνδρα.
He had boldly imposed himself upon a learned and aged man.

***

Ο Γουίλκοξ ζούσε ακόμα μόνος του εκεί που τον είχε συναντήσει ο θείος μου.

Wilcox still lived alone where my uncle had met him.

Στο κτίριο Fleur-de-Lys στην οδό Thomas.

In the Fleur-de-Lys Building in Thomas Street.

Μια αποκρουστική βικτωριανή μίμηση της βρετονικής αρχιτεκτονικής του δέκατου έβδομου αιώνα.

A hideous Victorian imitation of Seventeenth Century Breton architecture.

Το κτίριο επιδείκνυε την σοβατισμένη πρόσοψή του μέσα στον περιβάλλοντα χώρο.

The building flaunted its stuccoed front amidst its surroundings.

Υπήρχαν όμορφα αποικιακά σπίτια στον αρχαίο λόφο.

There were lovely Colonial houses on the ancient hill.

Και το σπίτι βρισκόταν κάτω από τη σκιά του ωραιότερου γεωργιανού καμπαναριού στην Αμερική.

And the house stood under the shadow of the finest Georgian steeple in America.

Τον βρήκα να εργάζεται στα δωμάτιά του, ανάμεσα στα γλυπτά του.

I found him at work in his rooms, among his sculptures.

Τα διάσπαρτα δείγματα προέρχονταν από ένα πολύ μοναδικό μυαλό.

The specimens scattered came from a very unique mind.

Αμέσως παραδέχτηκα ότι η ιδιοφυΐα του είναι πράγματι βαθιά και αυθεντική.

At once I conceded that his genius is indeed profound and authentic.

Έχει κρυσταλλώσει στον πηλό αυτό που ο Άρθουρ Μάχεν επικαλείται στην πεζογραφία.

He has crystallized in clay that which Arthur Machen evokes in prose.

Αντικατόπτρισε στο μάρμαρο τους εφιάλτες που ο Κλαρκ Άστον Σμιθ απεικόνισε σε καμβά.

He mirrored in marble the nightmares Clark Ashton Smith put to canvas.

Πιστεύω ότι μια μέρα θα τον αποκαλούν έναν από τους μεγάλους παρακμιακούς.

He will, I believe, be spoken of one day as one of the great decadents.

Ήταν μελαχρινός, αδύναμος και κάπως απεριποίητος στην εμφάνιση.

He was dark, frail, and somewhat unkempt in aspect.

Γύρισε νωχελικά στο χτύπημα της πόρτας του.

He turned languidly at my knock on his door.

Δεν σηκώθηκε από τη θέση του όταν μπήκα μέσα.

He didn't rise from his seat when I came in.

Και με ρώτησε ποιος ήταν ο σκοπός της επίσκεψής μου.

And he asked me what the purpose of my visit was.

Όταν του είπα ποιος ήμουν, κεντρίστηκε το ενδιαφέρον του.

When I told him who I was his interest was piqued.

Ο θείος μου είχε εξάψει την περιέργειά του εξετάζοντας τα παράξενα όνειρά του.

My uncle had excited his curiosity by probing his strange dreams.

Αν και δεν είχε εξηγήσει ποτέ τον λόγο της μελέτης.

Although he had never explained the reason for the study.

Δεν διεύρυνα τις γνώσεις του σε αυτό το θέμα.

I did not enlarge his knowledge in this regard.

Αλλά προσπάθησα με κάποια διακριτικότητα να κερδίσω την εμπιστοσύνη του.

But I sought with some subtlety to gain his confidence.

Σε σύντομο χρονικό διάστημα βεβαιώθηκα για την απόλυτη ειλικρίνειά του.

In a short time I became convinced of his absolute sincerity.

Μίλησε για τα όνειρα με τρόπο που κανείς δεν θα μπορούσε να παρερμηνεύσει.

He spoke of the dreams in a manner none could mistake.

Τα υποσυνείδητα κατάλοιπα των ονείρων του είχαν επηρεάσει βαθιά την τέχνη του.

His dreams' subconscious residuum had influenced his art profoundly.

Μου έδειξε ένα μακάβριο άγαλμα που δεν είχα ξαναδεί ποτέ.

He showed me a morbid statue of the likes I had never seen before.

Το περίγραμμα του αγάλματος παραλίγο να με κάνει να τρέμω από φόβο.

The statue's contours almost made me shake with fear.

Η δύναμη της μαύρης υπόνοιας του αγάλματος ήταν υπερβολική.

The potency of the statue's black suggestion was overbearing.

Δεν μπορούσε να θυμηθεί να είχε δει το πρωτότυπο αυτού του πράγματος.

He could not recall having seen the original of this thing.

Αλλά το άγαλμα ήταν εμπνευσμένο από το δικό του ονειρικό ανάγλυφο.

But the statue was inspired by his own dream bas-relief.

Τα περιγράμματα είχαν σχηματιστεί ανεπαίσθητα κάτω από τα χέρια του.

The outlines had formed themselves insensibly under his hands.

Ήταν, αναμφίβολα, το γιγάντιο σχήμα για το οποίο είχε επαινέσει σε παραλήρημα.

It was, no doubt, the giant shape he had raved of in delirium.

Ότι στην πραγματικότητα δεν γνώριζε τίποτα για την κρυφή αίρεση, σύντομα το ξεκαθάρισε.

That he really knew nothing of the hidden cult he soon made clear.

Μόνο η αδιάκοπη κατήχηση του θείου μου του είχε δώσει κάποιες ενδείξεις,

Only my uncle's relentless catechism had given him some clues,

Και πάλι προσπάθησα να εξηγήσω τα προφανή συμπεράσματα.

And again I strove to explain the obvious conclusions away.

Πώς είναι δυνατόν να είχε αποκομίσει αυτές τις περίεργες εντυπώσεις;

How he could possibly have received the weird impressions?

Μιλούσε για τα όνειρά του με έναν παράξενα ποιητικό τρόπο.

He talked of his dreams in a strangely poetic fashion.

Με έκανε να δω με τρομερή ζωντάνια τα τοπία του ονείρου του.

He made me see with terrible vividness the vistas of his dream.

Η υγρή κυκλώπεια πόλη από γλοιώδη πράσινη πέτρα.

The damp Cyclopean city of slimy green stone.

Η γεωμετρία που είπε, παραδόξως, ήταν εντελώς λάθος.

The geometry he oddly said, was all wrong.

Και μιλούσε για όσα άκουγε με τρομακτική προσμονή.

And he spoke of what he heard with frightened expectancy.

Το αδιάκοπο, ημι-νοητικό κάλεσμα από το υπόγειο:

The ceaseless, half-mental calling from underground:

"Κθούλου φτάγκν ... Κθούλου φτάγκν "

"Cthulhu fhtagn... Cthulhu fhtagn"

Αυτά τα λόγια είχαν αποτελέσει μέρος εκείνης της τρομερής τελετουργίας.

These words had formed part of that dreaded ritual.

Το τελετουργικό περιέγραφε την ονειρική αγρυπνία του νεκρού Κθούλου.

The ritual the told of dead Cthulhu's dream-vigil.

Η τελετουργία που έλεγε για τον πέτρινο θησαυροφυλάκιό του στο Ρ'λιέχ .

The ritual that told of his stone vault at R'lyeh.

Και ένιωσα βαθιά συγκινημένος, παρά τις λογικές μου πεποιθήσεις.

And I felt deeply moved, despite my rational beliefs.

Ο Γουίλκοξ, ήμουν σίγουρος, είχε ακούσει για την αίρεση με κάποιο απρόσμενο τρόπο.

Wilcox, I was sure, had heard of the cult in some casual way.

Περνούσε τον χρόνο του διαβάζοντας μια μάζα εξίσου παράξενης λογοτεχνίας.

He spent his time in a mass of equally weird literature.

Πρέπει να είχε ξεχάσει την πηγή της γνώσης του.

He must have forgotten the source of his knowledge.

Αργότερα η αίρεση είχε βρει υποσυνείδητη έκφραση στα όνειρά του.

Later the cult had found subconscious expression in his dreams.

Αλλά αυτό είναι φυσικό όταν οι ιστορίες είναι τόσο εντυπωσιακές.

But this is natural when stories are so impressive.

Τελικά, οι ιδέες της αίρεσης εκδηλώθηκαν στο ανάγλυφο.

Finally the cult's ideas manifested themselves in the bas-relief.

Και τώρα το θέμα της λατρείας εκδηλώθηκε στο τρομερό άγαλμα.

And now the subject of the cult manifested itself in the terrible statue.

Ήμουν πεπεισμένος ότι η απάτη του προς τον θείο μου ήταν εντελώς αθώα.

I was convinced his imposture upon my uncle had been very innocent.

Ήταν ελαφρώς επηρεασμένος και ελαφρώς κακομαθημένος.

He both slightly affected, and slightly ill-mannered.

Είχε μια ιδιοσυγκρασία που δεν θα μου άρεσε ποτέ.

He had a disposition which I could never like.

Αλλά ήμουν αρκετά πρόθυμος τώρα να παραδεχτώ την ιδιοφυΐα του.

But I was willing enough now to admit his genius.

Και δεν έχω κανέναν τρόπο να αρνηθώ την ειλικρίνειά του.

And I have no way of denying his honesty either.

Παρά τα αρχικά μου συναισθήματα, τον αποχαιρέτησα φιλικά.

Despite my initial feelings, I took leave of him amicably.

Και του εύχομαι κάθε επιτυχία που υπόσχεται το ταλέντο του.

And I wish him all the success his talent promises.

***

Το ζήτημα της αίρεσης συνέχισε να με γοητεύει.
The matter of the cult continued to fascinate me.
Κατά καιρούς είχα οράματα για την προσωπική φήμη
που θα μπορούσα να αποκτήσω.
At times I had visions of the personal fame I could attain.
Επισκέφτηκα τη Νέα Ορλεάνη και μίλησα με τον
Λεγκράς .
I visited New Orleans and talked with Legrasse.
Και μίλησα με άλλους αστυνομικούς από εκείνη την
επιδρομή στο βάλτο.
And I spoke with other policemen of that swamp raid.
Είδα την τρομακτική εικόνα με τα ίδια μου τα μάτια.
I saw the frightful image with my own eyes.
Και μάλιστα ρώτησα μερικούς από τους επιζώντες
μιγάδες κρατούμενους.
And I even questioned some of the surviving mongrel
prisoners.
Ο γέρος Κάστρο, δυστυχώς, ήταν νεκρός εδώ και μερικά
χρόνια.
Old Castro, unfortunately, had been dead for some years.
Αυτό που άκουσα τώρα τόσο παραστατικά από πρώτο
χέρι με ενθουσίασε ξανά.
What I now heard so graphically at first hand excited me
afresh.
Αν και στην πραγματικότητα δεν ήταν τίποτα
περισσότερο από μια λεπτομερή επιβεβαίωση.
Though it was really no more than a detailed confirmation.
Αυτά που μου είπαν τα είχα ήδη διαβάσει στις
σημειώσεις του θείου μου.
What they told me I had already read in my uncle's notes.
Ήμουν σίγουρος ότι βρισκόμουν στα ίχνη ενός πολύ
πραγματικού μυστικού.
I felt sure that I was on the track of a very real secret.
Και ήμουν σίγουρος ότι θα ανακάλυπτα μια πολύ
αρχαία θρησκεία.
And I was sure I was going to discover a very ancient religion.

Η ανακάλυψη θα με έκανε έναν αξιόλογο ανθρωπολόγο.

The discovery would make me an anthropologist of note.

Η στάση μου εξακολουθούσε να είναι μια στάση απόλυτου ορθολογικού υλισμού.

My attitude was still one of absolute rational materialism.

Και μακάρι να μην είχε αλλάξει η στάση μου απέναντι στο θέμα.

And I wish my attitude to the subject matter had not changed.

Αγνόησα με σχεδόν ανεξήγητη διαστροφή τις συμπτώσεις.

I discounted with almost inexplicable perversity the coincidences.

Οι σημειώσεις των ονείρων και τα περίεργα αποκόμματα που συνέλεξε ο καθηγητής Άντζελ.

The dream notes and odd cuttings collected by Professor Angell.

Ένα πράγμα για το οποίο άρχισα να αμφιβάλλω ήταν η αιτία θανάτου του θείου μου.

One thing I began to doubt was the cause of my uncle's death.

Άρχισα να υποψιάζομαι ότι ο θάνατός του δεν ήταν καθόλου φυσικός.

I began to suspect his death was far from natural.

Και τώρα φοβάμαι ότι ξέρω ότι ο θάνατος του θείου μου δεν ήταν φυσικός.

And I now fear I know my uncle's death was not natural.

Ήταν σε έναν στενό ανηφορικό δρόμο όπου έπεσε.

It was on a narrow hill street where he fell.

Ο δρόμος οδηγεί από την αρχαία προκυμαία.

The street lead up from the ancient waterfront.

Η πόλη-λιμάνι κατακλύζεται από ξένα μιγάδια.

The port-town swarms with foreign mongrels.

Έπεσε μετά από μια απρόσεκτη ώθηση από έναν μαύρο ναύτη.

He fell after a careless push from a negro sailor.

Δεν είχα ξεχάσει το μεικτό αίμα των μελών της αίρεσης στη Λουιζιάνα.

I had not forgotten the mixed blood of the cult-members in
Louisiana.
Δεν είχα ξεχάσει τους ναύτες στο όργιο βουντού.
I had not forgotten the sailors in the voodoo orgy.
Και δεν θα εκπλαγούνταν αν μάθαιναν ότι είχαν και
άλλες γνώσεις.
And would not be surprised to learn that they had other
knowledge too.
Μυστικές μέθοδοι, γνωστές στην αρχαιότητα ως
κρυπτικές τελετές.
Secret methods as anciently known as the cryptic rites.
Δηλητηριώδεις βελόνες ως αδίστακτες οι δαιμονικές
τους πεποιθήσεις.
Poison needles as ruthless their demonic beliefs.
Ο Λεγκράς και οι άντρες του, είναι αλήθεια, έχουν
αφεθεί στην ησυχία τους.
Legrasse and his men, it is true, have been let alone.
Αλλά στη Νορβηγία, ένας ναυτικός που είδε πράγματα
είναι νεκρός.
But in Norway a certain seaman who saw things is dead.
Μήπως τα μοχθηρά αυτιά δεν είχαν αντιληφθεί το
ενδιαφέρον του θείου μου για τον γλύπτη;
Might not sinister ears have picked up my uncle's interest in
the sculptor?
Μήπως οι βαθύτερες έρευνες του θείου μου δεν
τράβηξαν την προσοχή κάποιου;
Might not the deeper inquiries of my uncle have drawn
someone's attention?
Νομίζω ότι ο καθηγητής Άντζελ πέθανε επειδή ήξερε
πάρα πολλά.
I think Professor Angell died because he knew too much.
Ή πέθανε επειδή ήταν πιθανό να μάθει πάρα πολλά.
Or he died because he was likely to learn too much.
Μένει να δούμε αν θα φύγω όπως εκείνος.
Whether I shall go out as he did remains to be seen.
Επειδή κι εγώ έχω μάθει πολλά για τον Κθούλου.
Because I too have learned much about Cthulhu.

Η Τρέλα από τη Θάλασσα
The Madness from the Sea

Υπάρχει ένα μεγάλο δώρο που θα μπορούσε να μου
χαρίσει ο παράδεισος.
There is one great boon heaven could grant me.
Η πλήρης εξάλειψη των αποτελεσμάτων μιας απλής
τύχης.
The total effacing of the results of a mere chance.
Μακάρι να μην είχα δει ποτέ εκείνο το χαμένο κομμάτι
χαρτί.
I wish I had never seen that stray piece of paper.
Η καθημερινότητά μου κανονικά δεν θα με είχε
οδηγήσει εκεί.
My daily routine would normally not have taken me there.
Οποιαδήποτε άλλη μέρα δεν θα είχα παρατηρήσει
τίποτα.
On any other day I would not have noticed anything.
Ήταν ένα παλιό τεύχος ενός αυστραλιανού περιοδικού.
It was an old number of an Australian journal.
Το Δελτίο του Σίδνεϊ για τις 18 Απριλίου 1925
The Sydney Bulletin for April 18, 1925
Η εφημερίδα είχε ξεφύγει ακόμη και από το γραφείο
κοπής.
The paper had even slipped past the cutting bureau.
Είχα αναθέσει σε μεγάλο βαθμό τα ερωτήματά μου σε
έναν φίλο.
I had largely given over my inquiries to a friend.
Είχε αναλάβει το μεγαλύτερο μέρος της έρευνας.
He had taken on the work of most of the research.
Είχε αρχίσει να αναφέρεται στην ομάδα ως η «Λατρεία
του Κθούλου».
He had come to refer to the group as the "Cthulhu Cult".
Επισκεπτόμουν τον μορφωμένο φίλο μου από το
Πάτερσον του Νιου Τζέρσεϊ.
I was visiting my learned friend of Paterson, New Jersey.

Ο επιμελητής ενός τοπικού μουσείου και ένας γνωστός ορυκτολόγος.

The curator of a local museum, and a mineralogist of note.

Ενώ βρισκόμουν στο μουσείο του, είχα πρόσβαση στα διατηρημένα δείγματα.

While at his museum I had access to the reserved specimens.

Και τότε ήταν που μια παράξενη εικόνα τράβηξε την προσοχή μου.

And this is when an odd picture caught my attention.

Κάτω από μια από τις πέτρες βρισκόταν το Sydney Bulletin που ανέφερα.

Beneath one of the stones was the Sydney Bulletin I mentioned.

Ο φίλος μου έχει ευρείες διασυνδέσεις σε όλες τις πιθανές ξένες χώρες.

My friend has wide affiliations in all conceivable foreign lands.

Η εικόνα ήταν μια ημιτονική κοπή μιας αποκρουστικής πέτρινης εικόνας.

The picture was a half-tone cut of a hideous stone image.

Σχεδόν ίδια με την πέτρα που είχε βρει ο Λεγκράς στο βάλτο.

Almost identical with the stone Legrasse had found in the swamp.

Διάβασα με ανυπομονησία το άρθρο για το πολύτιμο περιεχόμενό του.

Eagerly I read the article for its precious contents.

Αλλά απογοητεύτηκα όταν διαπίστωσα ότι ήταν απλώς ένα σύντομο άρθρο.

But I was disappointed to find that it was just a short article.

Αν και σύντομες, οι πληροφορίες είχαν σημαντική σημασία.

Although brief, the information was of portentous significance.

***

"ΜΥΣΤΗΡΙΩΔΕΣ ΕΓΚΑΤΑΛΕΙΠΤΟ ΒΡΕΘΗΚΕ ΣΤΗ ΘΑΛΑΣΣΑ"

"MYSTERY DERELICT FOUND AT SEA"

Ένας επαγρυπνος φτάνει με αβοήθητο οπλισμένο Νεοζηλανδικό γιοτ να ρυμουλκεί.

Vigilant Arrives With Helpless Armed New Zealand Yacht in Tow.

Ένας επιζών και ένας νεκρός βρέθηκαν στο πλοίο.

One Survivor and one Dead Man Found Aboard.

Ιστορία απεγνωσμένης μάχης και θανάτων στη θάλασσα.

Tale of Desperate Battle and Deaths at Sea.

Διασωθείς ναυτικός αρνείται λεπτομέρειες για παράξενη εμπειρία.

Rescued Seaman Refuses Particulars of Strange Experience.

Ένα παράξενο είδωλο βρέθηκε στην κατοχή του, θα ακολουθήσει έρευνα.

Odd Idol Found in His Possession, Inquiry to Follow.

Το σήμα Alert του γιοτ Dunedin, NZ, είχε απενεργοποιηθεί στη μάχη.

The Alert of Dunedin yacht, N.Z., had been disabled in battle.

Προηγουμένως, το πλοίο είχε αναχωρήσει από το Βαλπαραΐσο στις 25 Μαρτίου.

Previously the ship had left from Valparaiso on March 25th.

Στις 2 Απριλίου το πλοίο οδηγήθηκε αρκετά νότια της πορείας του.

On April 2nd the ship was driven considerably south of her course.

Εξαιρετικά σφοδρές καταιγίδες είχαν ανακατευθύνει το πλοίο.

Exceptionally heavy storms had redirected the ship.

Τεράστια κύματα ανάγκασαν το πλοίο να ακολουθήσει διαφορετική διαδρομή.

Monster waves forced the ship to take a different route.

Στις 12 Απριλίου το πλοίο εντοπίστηκε από ένα άλλο πλοίο.

On April 12th the ship was sighted by another ship.

Γεωγραφικό πλάτος 34° 21', Γεωγραφικό μήκος 152° 17'

Latitude 34° 21', Longitude 152° 17'

Αρχικά νόμιζαν ότι το πλοίο είχε εγκαταλειφθεί.

Initially they thought the ship had been deserted.

Αλλά ένας ακόμα ζωντανός άντρας είχε βρεθεί στο πλοίο.

But one still living man had been found on board.

Αυτός ο μοναδικός επιζών βρισκόταν σε σχεδόν παραληρηματική κατάσταση.

This lone survivor was in a half-delirious condition.

Το μόνο άλλο θύμα που βρέθηκε ήταν ένας άνδρας που είχε ήδη πεθάνει μια εβδομάδα.

The only other victim found was a man already dead a week.

Τώρα το βαριά οπλισμένο ατμόπλοιο ρυμουλκούνταν.

Now the heavily armed steam yacht was being towed.

Και σήμερα το πρωί το πλοίο έμπαινε στην αποβάθρα του.

And this morning the ship was coming in to its wharf.

Ο ζωντανός άντρας κρατούσε σφιχτά ένα φρικτό πέτρινο είδωλο.

The living man was clutching a horrible stone idol.

Το πέτρινο είδωλο είχε ύψος περίπου ένα πόδι.

The stone idol was about a foot in height.

Και η προέλευση της πέτρας ήταν εντελώς άγνωστη.

And the origins of the stone were completely unknown.

Οι αρχές του πανεπιστημίου του Σίδνεϊ ήταν μπερδεμένες.

Authorities at Sydney university were baffled.

Η Βασιλική Εταιρεία δεν μπορούσε να προσφέρει πληροφορίες σχετικά με το είδωλο.

The Royal Society couldn't offer information about the idol.

Και το Μουσείο στην οδό Κόλετζ δεν είχε καμία ιδέα.

And the Museum in College street had no insights either.

Ο επιζών λέει ότι βρήκε την πέτρα στην καμπίνα του γιοτ.

The survivor says he found the stone in the cabin of the yacht.

Λέγεται ότι το είδωλο βρισκόταν σε ένα μικρό σκαλιστό ιερό.

Allegedly the idol was in a small carved shrine.

Και τα σκαλίσματα του ιερού ήταν κοινού σχεδίου.

And the carvings of the shrine were of common pattern.

Αυτός ο άνθρωπος τελικά συνήλθε στα λογικά του.

This man eventually recovered back to his senses.

Και διηγήθηκε μια εξαιρετικά παράξενη ιστορία πειρατείας και σφαγής.

And he told an exceedingly strange story of piracy and slaughter.

Είναι ο Γκούσταφ Γιόχανσεν, ένας Νορβηγός με κάποια νοημοσύνη.

He is Gustaf Johansen, a Norwegian of some intelligence.

Και ήταν δεύτερος υποπλοίαρχος της δικάτας σκούνας Έμμα του Ώκλαντ.

And he had been second mate of the two-masted schooner Emma of Auckland.

Το πλοίο απέπλευσε για το Κάλαο στις 20 Φεβρουαρίου, επανδρωμένο από έντεκα ναύτες.

The ship sailed for Callao February 20th, manned by eleven sailors.

Το πλοίο, λέει, καθυστέρησε και εκτινάχθηκε νότια της πορείας του.

The ship, he says, was delayed and thrown widely south of her course.

Υπήρξε μια μεγάλη καταιγίδα την 1η Μαρτίου και στις 22 Μαρτίου.

There was a great storm on March 1st, and on March 22nd.

Στο ταξίδι τους συνάντησαν ένα άλλο πλοίο.

On their journey they encountered another ship.

Αυτό έγινε στο Ν. Γεωγραφικό Πλάτος 49° 51΄, Δ. Γεωγραφικό Μήκος 128° 34΄

This was in S. Latitude 49° 51΄, W. Longitude 128° 34΄

Αυτό το πλοίο ήταν επανδρωμένο από ένα αλλόκοτο και μοχθηρό πλήρωμα.

This ship was manned by a queer and evil-looking crew.

Όλοι οι άνδρες ήταν Κανάκα και μισές κάστες.

All the men were of Kanakas and half-castes.

Αφού έλαβε επιτακτική διαταγή να γυρίσει πίσω, ο Λοχαγός Κόλινς αρνήθηκε.

Being ordered peremptorily to turn back, Capt. Collins refused.

Χωρίς προειδοποίηση, το παράξενο πλήρωμα άρχισε να πυροβολεί άγρια κατά της σκούνας.

Without warning the strange crew began to shoot savagely upon the schooner.

Πυροβόλησαν μια ιδιαίτερα βαριά πυροβολαρχία από ορειχάλκινα κανόνια.

They shot a peculiarly heavy battery of brass cannon.

Οι άνδρες από το πλοίο του έδειξαν μαχητικό πνεύμα, λέει ο επιζών.

The men from his ship showed fighting spirit, says the survivor.

Η σκούνα άρχισε να βυθίζεται από πυροβολισμούς κάτω από την ίσαλο γραμμή.

The schooner began to sink from shots beneath the waterline.

Αλλά κατάφεραν να πλεύσουν δίπλα στο εχθρικό σκάφος τους και να επιβιβαστούν σε αυτό.

But they managed to heave alongside their enemy boat, and board her.

Πάλευαν με το άγριο πλήρωμα στο κατάστρωμα του γιοτ.

They grappled with the savage crew on the yacht's deck.

Ο τρόπος μάχης τους φαινόταν παράξενα αδέξιος.

Their mode of fighting seemed to be strangely clumsy.

Αλλά η ήττα δεν φαινόταν να είναι επιλογή για αυτούς τους άγριους άντρες.

But defeat did not seem to be an option for these savage men.

Είχαν έναν ιδιαίτερα αποτρόπαιο και απεγνωσμένο τρόπο μάχης.

They had a particularly abhorrent and desperate way of fighting.

Έτσι, δεν είχαν άλλη επιλογή από το να σκοτώσουν όλους τους άνδρες του εχθρικού πλοίου.

So they had no choice but to kill all men of the enemy ship.

Τρεις από τους άντρες τους σκοτώθηκαν επίσης στη μάχη.

Three of their men were also killed in the fight.
Ο Λοχαγός Κόλινς και ο Υποπλοίαρχος Γκριν ήταν
μεταξύ των νεκρών.
Capt. Collins and First Mate Green were among the dead.
Ο Βοηθός Υποπλοίαρχος Γιόχανσεν ανέλαβε τον έλεγχο
από τον Υποπλοίαρχο Γκριν.
Second Mate Johansen took over control from First Mate
Green.
Και οι υπόλοιποι οκτώ άνδρες προχώρησαν στην
πλοήγηση του καταληφθέντος γιοτ.
And the remaining eight men proceeded to navigate the
captured yacht.
Συνέχισαν προς την αρχική κατεύθυνση που είχαν
ακολουθήσει.
They proceeded to continue in the original direction they were
going.
Για να δουν αν υπήρχε κάποιος λόγος που τους
διατάχθηκαν να γυρίσουν πίσω.
To see if there had been any reason they were ordered to turn
around.

***

Την επόμενη μέρα, όπως φαίνεται, αποβιβάστηκαν σε
ένα μικρό νησί.
The next day, it appears, they landed on a small island.
Αν και δεν είναι γνωστό ότι υπάρχει κανένα νησί σε
αυτό το μέρος του ωκεανού.
Although no island is known to exist in that part of the ocean.
Έξι από τους άνδρες πέθαναν με κάποιο τρόπο στην
ακτή ενώ βρίσκονταν στο νησί.
Six of the men somehow died ashore while on the island.
Αν και ο Γιόχανσεν είναι περίεργα συγκρατημένος
σχετικά με αυτό το μέρος της ιστορίας του.
Though Johansen is queerly reticent about this part of his
story.
Και μιλάει μόνο για την πτώση τους σε ένα βράχο.

And he speaks only of their falling into a rock chasm.

Αργότερα, φαίνεται, αυτός και ένας σύντροφός του επιβιβάστηκαν στο γιοτ.

Later, it seems, he and one companion boarded the yacht.

Μαζί προσπάθησαν να πλεύσουν το πλοίο, χωρίς επαρκές προσωπικό.

Together they tried to sail the ship, undermanned.

Αλλά χτυπήθηκαν από την καταιγίδα της 2ας Απριλίου.

But they were beaten about by the storm of April 2nd.

Από εκείνη τη στιγμή μέχρι τη διάσωσή του στις 12, ο άντρας θυμάται λίγα.

From that time till his rescue on the 12th, the man remembers little.

Και δεν θυμάται καν πότε πέθανε ο Γουίλιαμ Μπράιντεν, ο σύντροφός του.

And he does not even recall when William Briden, his companion, died.

Η νεκροψία δεν μπόρεσε να αποκαλύψει καμία προφανή αιτία θανάτου του Μπράιντεν.

Autopsy could reveal no obvious cause to Briden's death.

Η πιο πιθανή αιτία θανάτου είναι η έκθεση στα στοιχεία της φύσης.

The most likely cause of death is exposure to the elements.

Οι Dunedin ανέφεραν ότι το σκάφος τους, το Alert, ήταν πολύ γνωστό.

The Dunedin reported that their boat, the Alert, was well known.

Οι έμποροι του νησιού είχαν κακή φήμη κατά μήκος της προκυμαίας.

The island traders bore an evil reputation along the waterfront.

Το πλοίο ανήκε σε μια περίεργη ομάδα ημικαστών.

The ship was owned by a curious group of half-castes.

Οι συχνές συναντήσεις και οι νυχτερινές εκδρομές στο δάσος προσέλκυαν την περιέργεια.

Frequent meetings and night trips to the woods attracted curiosity.

Το πλοίο είχε σαλπάρει με μεγάλη βιασύνη την 1η Μαρτίου.

The ship had set sail in great haste on March 1st.

Αμέσως μετά την καταιγίδα και τους σεισμούς της γης εκείνο το βράδυ.

Just after the storm, and the earth tremors that night.

Ο ανταποκριτής μας στο Ώκλαντ δίνει στην Έμμα εξαιρετική φήμη.

Our Auckland correspondent gives the Emma excellent reputation.

Το πλήρωμα του Emma έχαιρε μεγάλης εκτίμησης.

The Crew from the Emma were held very in high regard.

Και ο Γιόχανσεν περιγράφεται ως ένας νηφάλιος και άξιος άνθρωπος.

And Johansen is described as a sober and worthy man.

Το Ναυαρχείο θα ξεκινήσει έρευνα για το σύνολο της υπόθεσης.

The admiralty will institute an inquiry on the whole matter.

Από αύριο θα συλλέγουν όλες τις σχετικές πληροφορίες.

Starting tomorrow they will collect all relevant information.

Θα καταβληθεί κάθε δυνατή προσπάθεια για να πειστεί ο Γιόχανσεν να μιλήσει.

Every effort will be made to induce Johansen to speak.

Αυτό και η άθλια εικόνα ήταν όλες οι πληροφορίες που είχα για να συνεχίσω.

This and the hellish image were all the information I had to go on.

Αλλά τι αλληλουχία ιδεών που ξεκίνησαν από το μυαλό μου αυτές οι λίγες πληροφορίες!

But what a train of ideas that little information started in my mind!

Εδώ υπήρχαν νέοι θησαυροί δεδομένων για τη λατρεία του Κθούλου.

Here were new treasuries of data on the Cthulhu Cult.

Η αίρεση δεν είχε συμφέροντα μόνο στη γη.

The cult not only had interests on land.

Τώρα υπήρχαν στοιχεία που αποδείκνυαν ότι είχαν και συνδέσεις με τη θάλασσα.

Now there was evidence they also had connections to the sea.

Ποιο κίνητρο ώθησε το υβριδικό πλήρωμα να παραγγείλει πίσω το Emma;

What motive prompted the hybrid crew to order back the Emma?

Γιατί έπλεαν με το αποκρουστικό τους είδωλο;

Why did they sail about with their hideous idol?

Ποιο ήταν το άγνωστο νησί στο οποίο είχαν πεθάνει έξι μέλη του πληρώματος του Έμμα;

What was the unknown island on which six of the Emma's crew had died?

Και γιατί ο Γιόχανσεν κρατούσε τόσο μυστικοπαθή τον θάνατό τους;

And why was Johansen so secretive about their death?

Τι είχε αποκαλύψει η έρευνα του Αντιναυάρχου;

What had the vice-admiralty's investigation brought out?

Και τι ήταν γνωστό για την επιβλαβή αίρεση στο Ντούνεντιν;

And what was known of the noxious cult in Dunedin?

Ούτε μπορούσε κανείς παρά να θαυμάσει τη χρονική στιγμή των γεγονότων.

Nor could one help but marvel at the timing of the events.

Υπήρχε μια βαθιά και κάτι παραπάνω από φυσική σύνδεση μεταξύ των ημερομηνιών.

There was a deep and more than natural linkage between the dates.

Μια δυσοίωνη και πλέον αναμφισβήτητη σημασία για τις διάφορες στροφές των γεγονότων.

A malign and now undeniable significance to the various turns of events.

****

Ο θείος μου είχε σημειώσει με μεγάλη προσοχή τα συνδετικά γεγονότα.

My uncle had noted with great care the connecting events.

Την 1η Μαρτίου είχε έρθει ο σεισμός και η καταιγίδα.

On March 1st the earthquake and storm had come.

28 Φεβρουαρίου, σύμφωνα με τη Διεθνή Γραμμή Ημερομηνίας.

February 28th, according to the International Date Line.

Από το Ντούνεντιν το θορυβώδες πλήρωμα του Άλερτ όρμησε με ανυπομονησία μπροστά.

From Dunedin the noisome crew of the Alert darted eagerly forth.

Κινήθηκαν σαν να τους είχαν καλέσει επιτακτικά.

They moved as if they had been imperiously summoned.

Στην άλλη άκρη της γης εκτυλίχθηκαν τα άλλα γεγονότα.

On the other side of the earth the other events unfolded.

Ποιητές και καλλιτέχνες είχαν αρχίσει να βλέπουν τα παράξενα όνειρά τους.

Poets and artists had begun to have their strange dreams.

Όνειρα μιας υγρής Κυκλώπειας πόλης από περασμένες εποχές.

Dreams of a dank Cyclopean city from times long gone.

Ένας νεαρός γλύπτης πείστηκε κι αυτός από αυτά τα όνειρα.

A young sculptor was persuaded by these dreams too.

Στον ύπνο του έπλασε τη μορφή του τρομερού Κθούλου.

In his sleep he molded the form of the dreaded Cthulhu.

Στις 23 Μαρτίου το πλήρωμα του Έμμα αποβιβάστηκε σε ένα άγνωστο νησί.

On March 23rd the crew of the Emma landed on an unknown island.

Εκεί, σε εκείνο το νησί, άφησαν έξι άντρες νεκρούς.

There on that island they left six men dead.

Εκείνη την ημερομηνία, τα όνειρα των ευαίσθητων ανδρών απέκτησαν αυξημένη ζωντάνια.

On that date the dreams of sensitive men assumed a heightened vividness.

Τα όνειρά τους σκοτείνιασαν από τον φόβο της κακόβουλης καταδίωξης ενός γιγάντιου τέρατος.

Their dreams darkened with dread of a giant monster's malign pursuit.

Ένας αρχιτέκτονας τρελάθηκε από τα όνειρά του εκείνο το βράδυ.

One architect went mad from his dreams that night.

Και ένας γλύπτης είχε πέσει ξαφνικά σε παραλήρημα!

And a sculptor had lapsed suddenly into delirium!

Και μετά υπήρξε η καταιγίδα της 2ας Απριλίου.

And then there was the storm of April 2nd.

Η ημερομηνία κατά την οποία σταμάτησαν όλα τα όνειρα για την υγρή πόλη.

The date on which all dreams of the dank city ceased.

Ο Γουίλκοξ βγήκε αλώβητος από τα δεσμά ενός παράξενου πυρετού.

Wilcox emerged unharmed from the bondage of strange fever.

Και όλα φαινόντουσαν να είναι ξανά φυσιολογικά.

And everything appeared to be normal again.

Τι γίνεται όμως με τις υποδείξεις που είχε προτείνει ο γέρος Κάστρο;

But what about the hints old Castro had suggested?

Τι γίνεται με τα βυθισμένα, άστρα-γεννημένα παλιά;

What about the sunken, star-born old ones?

Τι γίνεται με την υποσχεμένη επιστροφή τους και την επερχόμενη βασιλεία τους;

What about their promised return and coming reign?

Τι γίνεται με την πιστή τους λατρεία και την κυριαρχία τους στα όνειρα;

What about their faithful cult and their mastery of dreams?

Μήπως παραπατούσα στα πρόθυρα κοσμικών φρικαλεοτήτων;

Was I tottering on the brink of cosmic horrors?

Κοσμικές φρικαλεότητες πολύ πέρα από τις αντοχές του ανθρώπου;

Cosmic horrors far beyond man's power to bear?

Αν ναι, τότε πρέπει να είναι φρίκες μόνο του νου.

If so, they must be horrors of the mind alone.

Στις 2 Απριλίου επικράτησε ξαφνική συντονισμένη ηρεμία.

On the second of April there was sudden coordinated calm.

Η τερατώδης απειλή που πολιορκούσε την ψυχή της ανθρωπότητας είχε εξαφανιστεί.

The monstrous menace that sieged mankind's soul had vanished.

Το ίδιο βράδυ έκανα όλες τις απαραίτητες διευθετήσεις για το επόμενο ταξίδι.

That evening I made all necessary arrangements for onwards travel.

Αποχαιρέτησα τον οικοδεσπότη μου και πήρα το τρένο για το Σαν Φρανσίσκο.

I bade my host adieu and took a train for San Francisco.

***

Σε λιγότερο από ένα μήνα βρισκόμουν στο λιμάνι του Ντάνεντιν.

In less than a month I was at the port of Dunedin.

Εδώ, ωστόσο, η έρευνά μου σκόνταψε ελαφρώς.

Here, however, my investigation stumbled slightly.

Ρώτησα στις παλιές παραθαλάσσιες ταβέρνες όπου είχαν μείνει οι άντρες.

I inquired in the old sea taverns where the men had lingered.

Αλλά λίγα ήταν γνωστά για τα παράξενα μέλη της αίρεσης.

But little was known of the strange cult members.

Η βρωμιά στην παραλία ήταν πολύ συνηθισμένη για να γίνει ειδική μνεία.

Waterfront scum was far too common for special mention.

Αλλά υπήρχαν αόριστες συζητήσεις για ένα ταξίδι στην ενδοχώρα που είχαν κάνει αυτά τα μιγάδια.

But there was vague talk about one inland trip these mongrels had made.

Αχνά τύμπανα και κόκκινες φλόγες ακουγόντουσαν στους μακρινούς λόφους.

Faint drumming and red flames were noted on the distant hills.

Στο Όκλαντ έμαθα μόνο λίγα περισσότερα για τον Γιόχανσεν.

In Auckland I learned only a little more of Johansen.

Είχε μεταφερθεί στο Σίδνεϊ για την έρευνα.

He had been taken to Sydney for the investigation.

Μια πρόχειρη και ασαφής ερώτηση άσπρισε τα μαλλιά του.

A perfunctory and inconclusive questioning turned his hair white.

Στη συνέχεια πούλησε το εξοχικό του στην οδό Γουέστ.

Thereafter he sold his cottage in West Street.

Και απέπλευσε με τη σύζυγό του στο παλιό του σπίτι στο Όσλο.

And he sailed with his wife to his old home in Oslo.

Η εμπειρία του τον είχε συγκινήσει βαθιά.

His experience had clearly stirred him deeply.

Αλλά δεν είπε στους φίλους του περισσότερα από όσα είχε πει στους αξιωματούχους του ναυαρχείου.

But he told his friends no more than he had told the admiralty officials.

Και το μόνο που μπορούσαν να κάνουν ήταν να μου δώσουν τη διεύθυνσή του στο Όσλο.

And all they could do was to give me his Oslo address.

Μετά από αυτό πήγα στο Σίδνεϊ και μίλησα άσκοπα με ναυτικούς.

After that I went to Sydney and talked profitlessly with seamen.

Ούτε τα μέλη του αντιναυαρχείου μπόρεσαν να με διαφωτίσουν.

Members of the vice-admiralty court could not enlighten me either.

Εντόπισα την Ειδοποίηση μέχρι το Σέρκουλαρ Κουέι στον Κόλπο του Σίδνεϊ.

I tracked the Alert down to Circular Quay in Sydney Cove.
Το πλοίο είχε πουληθεί και χρησιμοποιήθηκε ξανά για εμπορική χρήση.
The ship had been sold and was again in commercial use.
Αλλά δεν μπόρεσα να αποκομίσω περαιτέρω στοιχεία από το φορτίο του πλοίου.
But I could gain no further clues from the ship's cargo.
Η εικόνα διατηρήθηκε στο Μουσείο του Χάιντ Παρκ.
The image was preserved in the Museum at Hyde Park.
Το κεφάλι σουπιάς, το σώμα δράκου και τα φολιδωτά φτερά.
The cuttlefish head, dragon body, and scaly wings.
Το τέρας σκυμμένο πάνω στο ιερογλυφικό βάθρο.
The monster crouching atop the hieroglyphed pedestal.
Μελέτησα κάθε λεπτομέρεια του ειδώλου για πολύ και καλά.
I studied every detail of the idol long and well.
Το λείψανο ήταν ένα αντικείμενο απαίσια εξαιρετικής κατασκευής.
The relic was a thing of balefully exquisite workmanship.
Δεν μπορούσα παρά να παρατηρήσω την ομοιότητα με το μικρότερο δείγμα του Λεγκράς .
I couldn't help but notice the similarity to Legrasse's smaller specimen.
Και τα δύο είδωλα είχαν το ίδιο απόλυτο μυστήριο και τρομερή αρχαιότητα.
Both idols had the same utter mystery and terrible antiquity.
Και τα δύο είδωλα είχαν την ίδια απόκοσμη παραδοξότητα του υλικού.
And both idols had the same unearthly strangeness of material.
Οι γεωλόγοι, μου είπε ο επιμελητής, το είχαν βρει ένα τερατώδες αίνιγμα.
Geologists, the curator told me, had found it a monstrous puzzle.
Επέμεναν ότι ο κόσμος δεν είχε άλλο βράχο σαν αυτόν.
They insisted that the world held no rock like this one.

Τότε σκέφτηκα με ρίγος τι είχε πει ο γέρος Κάστρο στον
Λεγκράς .

Then I thought with a shudder of what old Castro had told
Legrasse.

Η ιστορία των πρωτόγονων μεγάλων, βυθισμένων κάτω
από τη θάλασσα.

The tale of the primal great ones, sunken under the sea.

«Είχαν έρθει από τα αστέρια.»

"They had come from the stars."

«Είχαν φέρει μαζί τους τις εικόνες τους».

"They had brought their images with them."

Συγκλονίστηκα από μια νοητική επανάσταση που δεν
είχα ξαναζήσει.

I was shaken with a mental revolution as I had never before
known.

Ήμουν πλέον απόλυτα αποφασισμένος να επισκεφτώ
τον Μάτε Γιόχανσεν στο Όσλο.

I was now completely resolved to visit Mate Johansen in Oslo.

Σαλπάροντας για το Λονδίνο, επέστρεψα αμέσως για τη
νορβηγική πρωτεύουσα.

Sailing for London, I re-embarked at once for the Norwegian
capital.

Και μια φθινοπωρινή μέρα προσγειώθηκα στις
αποβάθρες.

And one autumn day I landed at the wharves.

***

Η πόλη καταγωγής του Γιόχανσεν βρισκόταν στη σκιά
του Έγκεμπεργκ.

Johansen's hometown was in the shadow of the Egeberg.

Ανακάλυψα ότι ζούσε στην Παλιά Πόλη του Βασιλιά
Χάρολντ Χάαρντράντα.

I discovered he lived in the Old Town of King Harold
Haardrada.

Για αιώνες η μεγαλύτερη πόλη είχε μεταμφιεστεί σε
«Χριστιάνια».

For centuries the greater city had masqueraded as "Christiania".

Ο βασιλιάς Χάραλντ Χαρντράδα διατήρησε ζωντανό το όνομα του Όσλο.

King Harald Hardrada kept alive the name of Oslo.

Έκανα το σύντομο ταξίδι μέχρι την κατοικία του με ταξί.

I made the brief trip to his residences by taxicab.

Ένα κομψό και αρχαίο κτίριο με σοβατισμένη πρόσοψη.

A neat and ancient building with plastered front.

Και χτύπησα την πόρτα με παλλόμενη καρδιά.

And I knocked with palpitant heart at the door.

Μια γυναίκα ντυμένη στα μαύρα με θλιμμένο πρόσωπο ανταποκρίθηκε στο κάλεσμά μου.

A sad-faced woman in black answered my summons.

Με κατέκλυσε απογοήτευση το θέαμα.

I was stung with disappointment at the sight.

Μου είπε σε λιγοστά αγγλικά ότι ο Γκούσταφ Γιόχανσεν δεν υπήρχε πια.

She told me in halting English that Gustaf Johansen was no more.

Δεν είχε επιβιώσει για πολύ μετά την επιστροφή του, είπε η σύζυγός του.

He had not long survived his return, said his wife.

Τα γεγονότα στη θάλασσα το 1925 τον είχαν συντρίψει.

The doings at sea in 1925 had broken him.

Δεν της είχε πει περισσότερα από όσα είχε πει στο κοινό.

He had told her no more than he had told the public.

Αλλά είχε αφήσει ένα μακροσκελές χειρόγραφο με «τεχνικά θέματα».

But he had left a long manuscript of "technical matters".

Αυτές οι σημειώσεις του ταξιδιού είχαν γραφτεί στα αγγλικά.

These notes of the voyage had been written in English.

Προφανώς για να την προστατεύσει από τον κίνδυνο της τυχαίας ανάγνωσης.

Evidently in order to safeguard her from the peril of casual perusal.

Είχε κάνει μια βόλτα σε ένα στενό δρομάκι κοντά στην αποβάθρα του Γκέτεμποργκ.
He had gone for a walk through a narrow lane near the Gothenburg dock.
Μια δέσμη χαρτιών που έπεσε από το παράθυρο μιας σοφίτας τον είχε ρίξει κάτω.
A bundle of papers falling from an attic window had knocked him down.
Δύο ναύτες της Λασκάρ τον βοήθησαν ταυτόχρονα να σηκωθεί.
Two Lascar sailors at once helped him to his feet.
Αλλά πριν προλάβει να τον φτάσει το ασθενοφόρο, ήταν νεκρός.
But before the ambulance could reach him he was dead.
Οι γιατροί δεν βρήκαν επαρκή αιτία για τον θάνατό του.
The physicians found no adequate cause for his death.
Απέδωσαν κυρίως τον θάνατό του σε καρδιακά προβλήματα.
They mostly attributed his death to heart trouble.
Αλλά πρόσθεσαν ότι πιθανότατα συνέβαλε η εξασθενημένη σύστασή του.
But they added his weakened constitution most likely contributed.
Τώρα ένιωσα ένα βαθύ ροκάνισμα στα ζωτικά μου όργανα.
I now felt a deep gnawing at my vitals.
Ένας σκοτεινός τρόμος που δεν θα με εγκαταλείψει ποτέ μέχρι να ηρεμήσω κι εγώ.
A dark terror which will never leave me till I, too, am at rest.
Αν ο θάνατός μου θα έρθει «τυχαία» ή όχι, δεν μπορώ να το ξέρω.
Whether my death will come "accidentally" or not I can't tell.
Μίλησα στη χήρα για τη δουλειά του συζύγου της.
I spoke to the widow about her husband's work.
Και την έπεισα ότι είχα μια «τεχνική» σύνδεση μαζί του.
And I persuaded her I had a "technical" connection to him.
Έτσι, ένιωθε ότι είχα επαρκές δικαίωμα στο χειρόγραφο.

So she felt I was sufficiently entitled to the manuscript.

Και έτσι απέκτησα τη γραφή του νεκρού.

And so I attained the dead man's writing.

Άρχισα να διαβάζω τα έγγραφα στο πλοίο για το Λονδίνο.

I began to read the documents on the boat to London.

Ήταν λίγο περισσότερο από απλές, ατελείωτες σημειώσεις.

They were little more than simple, rambling notes.

Η προσπάθεια ενός αφελούς ναυτικού για ένα εκ των υστέρων ημερολόγιο.

A naive sailor's effort at a post-facto diary.

Προσπαθούσε να θυμάται εκείνο το τελευταίο τρομερό ταξίδι μέρα με τη μέρα.

He strove to recall that last awful voyage day by day.

Δεν μπορώ να επιχειρήσω να μεταγράψω τις σημειώσεις του κατά λέξη.

I cannot attempt to transcribe his notes verbatim.

Το χειρόγραφο είναι θολό από ασάφειες και πλεονασμούς.

The manuscript is clouded with vagueness and redundance.

Θα σας πω όμως την ουσία αυτών που έγραψε.

But I will tell the gist of what he wrote.

Ίσως τότε καταλάβετε γιατί γέμισα τα αυτιά μου με βαμβάκι.

Perhaps then you will understand why I stuffed my ears with cotton.

Ο ήχος του νερού στα πλευρά του σκάφους έγινε αφόρητος.

The sound of the water against the vessel's sides became unendurable.

***

Ο Γιόχανσεν, δόξα τω Θεώ, δεν ήξερε ακριβώς τι είχε δει.

Johansen, thank God, did not quite know what he had seen.

Αλλά είναι προφανές ότι είχε δει την πόλη και το Πράγμα.

But it is evident he had seen the city and the Thing.

Δεν θα ξανακοιμηθώ ποτέ ήσυχα όταν σκέφτομαι τις φρικαλεότητες.

I shall never sleep calmly again when I think of the horrors.

Οι φρίκες που παραμονεύουν αδιάκοπα πίσω από τη ζωή στον χρόνο και τον χώρο.

The horrors that lurk ceaselessly behind life in time and space.

Αυτές οι ανίερες βλασφημίες που προέρχονται από μεγαλύτερα αστέρια.

Those unhallowed blasphemies that come from elder stars.

Ονειροπόλοι κάτω από τη θάλασσα, γνωστοί μόνο από μια αίρεση εφιαλτών.

Dreamers beneath the sea known only by a nightmare cult.

Μια αίρεση έτοιμη και πρόθυμη να απελευθερώσει αυτά τα τέρατα στον κόσμο.

A cult ready and eager to release these monsters into the world.

Όποτε ένας άλλος σεισμός αναστήσει ξανά την τερατώδη πέτρινη πόλη τους.

Whenever another earthquake raises their monstrous stone city again.

Όταν ο Κθούλου βρίσκεται ξανά κάτω από το φως του ήλιου.

When Cthulhu is under the light of the sun once more.

Το ταξίδι του Γιόχανσεν είχε ξεκινήσει ακριβώς τη στιγμή που το είχε πει στον αντιναύαρχο.

Johansen's voyage had begun just as he told it to the vice-admiralty.

Το Έμμα, με έρμα, είχε περάσει το Όκλαντ στις 20 Φεβρουαρίου.

The Emma, in ballast, had cleared Auckland on February 20th.

Το πλοίο είχε νιώσει όλη τη δύναμη της καταιγίδας που προκλήθηκε από τον σεισμό.

The ship had felt the full force of that earthquake-born tempest.

Οι φρίκες από τον βυθό της θάλασσας που γέμιζαν τα όνειρα των ανδρών.

The horrors from the sea-bottom that filled men's dreams.

Για άλλη μια φορά υπό έλεγχο, το πλοίο σημείωνε καλή πρόοδο.

Once under control again the ship was making good progress.

Αλλά στη συνέχεια το πλοίο ακινητοποιήθηκε από το Alert στις 22 Μαρτίου.

But then the ship was held up by the Alert on March 22nd.

Μπορούσα να νιώσω τη λύπη του συντρόφου καθώς έγραφε για τον βομβαρδισμό και τη βύθισή της.

I could feel the mate's regret as he wrote of her bombardment and sinking.

Μιλάει με τρόμο για τους μελαχρινούς λάτρεις των θρησκευτικών ταγμάτων στο άλλο σκάφος.

Of the swarthy cult-fiends on the other boat he speaks with horror.

Υπήρχε κάποια ιδιαίτερα αποτρόπαια ποιότητα πάνω τους.

There was some peculiarly abominable quality about them.

Κάτι έκανε την καταστροφή τους να μοιάζει σχεδόν με καθήκον.

Something made their destruction seem almost a duty.

Το ζήτημα αυτό τέθηκε κατά τη διάρκεια της διαδικασίας του ανακριτικού δικαστηρίου.

This point was brought up during the proceedings of the court of inquiry.

Ο Γιόχανσεν δείχνει μια αφελή έκπληξη στην κατηγορία της σκληρότητας.

Johansen shows ingenuous wonder at the accusation of ruthlessness.

Η περιέργεια ήταν αυτό που ώθησε τους άνδρες να επιβιβαστούν στο αιχμαλωτισμένο γιοτ τους.

Curiosity is what drove the men on in their captured yacht.

Προεξέχοντας από τη θάλασσα, οι άντρες είδαν μια μεγάλη πέτρινη στήλη.

Sticking out of the sea the men sighted a great stone pillar.

Στο νότιο γεωγραφικό πλάτος 47° 9', στο δυτικό
γεωγραφικό μήκος 126° 43' συναντούν ακτογραμμή.
In South Latitude 47° 9', West Longitude 126° 43' they come
upon a coastline.
Η ακτογραμμή ήταν από αναμεμειγμένη λάσπη, υγρή
λάσπη και ζιζάνια από κυκλώπεια τοιχοποιία.
The coastline was of mingled mud, ooze, and weedy
Cyclopean masonry.
Τίποτα λιγότερο από την απτή ουσία του υπέρτατου
τρόμου της γης.
Nothing less than the tangible substance of earth's supreme
terror.
Είχαν συναντήσει την εφιαλτική πόλη-πτώματα της
Ρ'λίεχ.
They had come across the nightmare corpse-city of R'lyeh.
Μια πόλη χτισμένη σε αμέτρητους αιώνες πίσω από την
ιστορία.
A city built in measureless eons behind history.
Μνημεία σε τεράστια, αηδιαστικά σχήματα που
κατέβαιναν από τα σκοτεινά αστέρια.
Monuments to vast loathsome shapes that seeped down from
the dark stars.
Εκεί βρισκόταν ο μέγας Κθούλου και οι ορδές του για
ανυπολόγιστους κύκλους.
There lay great Cthulhu and his hordes for incalculable cycles.
Κρυμμένοι σε πράσινους γλοιώδεις θόλους, έστελναν τις
σκέψεις τους.
Hidden in green slimy vaults, they sent out their thoughts.
Οι σκέψεις που σκορπούν τον φόβο στα όνειρα των
ευαίσθητων.
The thoughts that spread fear to the dreams of the sensitive.
Οι σκέψεις που καλούσαν επιβλητικά τους πιστούς.
The thoughts that called imperiously to the faithful.
«Ελάτε σε ένα προσκύνημα απελευθέρωσης και
αποκατάστασης.»
"Come on a pilgrimage of liberation and restoration."

Όλη αυτή τη φρίκη ο Γιόχανσεν δεν είχε κανέναν τρόπο να την υποψιαστεί.

All this horror Johansen had no way of suspecting.

Αλλά ο Θεός ξέρει ότι σύντομα είχε δει αρκετά!

But God knows he had soon seen enough!

Υποθέτω ότι αυτό που είδαν ήταν μόνο μια κορυφή βουνού.

I suppose what they saw was only a single mountain-top.

Σύντομα η υπόλοιπη πόλη αναδύθηκε από τα νερά.

Soon the rest of the city emerged from the waters.

Η αποκρουστική ακρόπολη με το μονόλιθο, όπου ήταν θαμμένος ο μέγας Κθούλου.

The hideous monolith-crowned citadel where great Cthulhu was buried.

Ανατριχιάζω στη σκέψη όλων όσων μπορεί να συλλογίζονται εκεί κάτω.

I shudder to think of all that may be brooding down there.

Και παραλίγο να αυτοκτονήσω για να σταματήσω αυτές τις σκέψεις.

And I almost wish to kill myself to stop these thoughts.

***

Ο Γιόχανσεν και οι άντρες του έμειναν έκθαμβοι από το κοσμικό μεγαλείο.

Johansen and his men were awed by the cosmic majesty.

Είδαν το θέαμα αυτής της στάζουσας Βαβυλώνας από πρεσβύτερους δαίμονες.

They beheld the sight of this dripping Babylon of elder demons.

Πρέπει να μάντεψαν χωρίς καθοδήγηση τι ήταν αυτό που είδαν.

They must have guessed without guidance what it was they saw.

Αυτό που είδαν δεν ήταν τίποτα από αυτό ή από οποιονδήποτε λογικό πλανήτη.

What they saw was nothing of this or of any sane planet.

Το απίστευτο μέγεθος των πρασινωπών πέτρινων
ογκόλιθων.
The unbelievable size of the greenish stone blocks.
Το ιλιγγιώδες ύψος του μεγάλου σκαλιστού μονόλιθου.
The dizzying height of the great carven monolith.
Και μετά υπήρχαν τα ανάγλυφα που βρέθηκαν στο
αιχμαλωτισμένο πλοίο.
And then there was the bas-reliefs found on the captured ship.
Τα κολοσσιαία αγάλματα αντικατόπτριζαν τη σκηνή
στα γλυπτά.
The colossal statues mirrored the scene on the carvings.
Ο Γιόχανσεν πέτυχε κάτι πολύ κοντά στον φουτουρισμό.
Johansen achieved something very close to futurism.
Επειδή δεν περιέγραψε κάποια συγκεκριμένη
κατασκευή ή κτίριο.
Because he did not describe any definite structure or building.
Εστίασε στις πλατιές εντυπώσεις των τεράστιων γωνιών
και των πέτρινων επιφανειών.
He dwelled on the broad impressions of vast angles and stone
surfaces.
Επιφάνειες πολύ μεγάλες για να ανήκουν σε οτιδήποτε
σωστό ή κατάλληλο για αυτή τη γη.
Surfaces too great to belong to anything right or proper for
this earth.
Επιφάνειες ασεβείς με φρικτές εικόνες και ιερογλυφικά.
Surfaces impious with horrible images and hieroglyphs.
Υπάρχει λόγος που αναφέρω την ομιλία του για τις
γωνίες.
There is a reason I mention his talk about angles.
Μου θυμίζει κάτι που μου είχε πει ο Γουίλκοξ για τα
φρικτά του όνειρα.
It reminds me of something Wilcox had told me of his awful
dreams.
Είχε πει ότι η γεωμετρία του ονειρικού τόπου που έβλεπε
ήταν αφύσικη.
He had said that the geometry of the dream-place he saw was
abnormal.

Μη Ευκλείδειες σφαίρες που δεν μοιάζουν με τίποτα εδώ στη γη.

Non-Euclidean spheres unlike anything here on earth.

Αηδιαστικά δύσοσμες διαστάσεις, εντελώς διαφορετικές από τις δικές μας.

Loathsomely redolent dimensions completely unlike ours.

Τώρα ένας ναυτικός περιέγραφε ακριβώς το ίδιο πράγμα.

Now a seaman was describing the exact same thing.

Και οι δύο είχαν την ίδια τρομερή εικόνα αυτής της πραγματικότητας.

They bad both had the same terrible glimpse of this reality.

Ο Γιόχανσεν και οι άντρες του αποβιβάστηκαν σε μια κεκλιμένη λασπότοπο.

Johansen and his men landed at a sloping mud-bank.

Και κοίταξαν ψηλά σε αυτή την τερατώδη Ακρόπολη.

And they looked up at this monstrous Acropolis.

Σκαρφάλωσαν ολισθηρά πάνω σε τιτάνια γεμάτα υγρασία μπλοκ.

They clambered slippery up over titan oozy blocks.

Τετράγωνα που δεν θα μπορούσαν να είναι θνητές σκάλες.

Blocks which could have been no mortal staircase.

Ο ίδιος ο ήλιος του ουρανού φαινόταν παραμορφωμένος μέσα σε αυτή την ομίχλη.

The very sun of heaven seemed distorted in this mist.

Ένα πολωτικό μίασμα αναβλύζει από αυτή τη μουσκεμένη στη θάλασσα διαστροφή.

A polarizing miasma welling out from this sea-soaked perversion.

Διεστραμμένη απειλή και αγωνία παραμόνευαν σε εκείνους τους άπιαστους βράχους.

Twisted menace and suspense lurked in those elusive rocks.

Μια δεύτερη ματιά έδειξε κοιλότητα εκεί που η πρώτη έδειξε κυρτότητα.

A second glance showed concavity where the first showed convexity.

Κάτι σαν τρόμος είχε κατακλύσει όλους τους
εξερευνητές.
Something very like fright had come over all the explorers.
Κάθε άντρας θα είχε τραπεί σε φυγή αν δεν φοβόταν
την περιφρόνηση των άλλων.
Each man would have fled had he not feared the scorn of the
others.
Και έψαχναν μάταια μόνο με μισή καρδιά.
And it was only half-heartedly that they vainly searched.
Έψαχναν για κάποιο φορητό σουβενίρ για να το
κουβαλήσουν.
They were looking for some portable souvenir to bear away.
Ήταν ο Ροντρίγκεζ, ο Πορτογάλος, που ανέβηκε στους
πρόποδες του μονόλιθου.
It was Rodriguez, the Portuguese, who climbed up the foot of
the monolith.
Από εκεί φώναξε για όσα είχε βρει.
From there he shouted of what he had found.
Οι υπόλοιποι τον ακολούθησαν μέχρι τους πρόποδες
του μονόλιθου.
The rest followed him to the foot of the monolith.
Κοίταξαν με περιέργεια την τεράστια πόρτα μπροστά
τους.
They looked curiously at the immense door in front of them.
Το πλέον γνωστό καλαμάρι-δράκος ήταν σκαλισμένο
στην πόρτα.
The now familiar squid-dragon was carved on the door.
Ήταν, είπε ο Γιόχανσεν, σαν μια μεγάλη πόρτα
αχυρώνα.
It was, Johansen said, like a great barn-door.
Αν και είπαν ότι έδινε μόνο την εντύπωση μιας πόρτας.
Although they said it only gave the impression of a door.
Δεν μπορούσαν να αποφασίσουν αν η πόρτα ήταν
επίπεδη σαν καταπακτή.
They could not decide if the door lay flat like a trap-door.
Ή ίσως το άνοιγμα ήταν κεκλιμένο σαν εξωτερική
πόρτα υπογείου.

Or maybe the opening was slanted like an outside cellar-door.

Όπως θα έλεγε ο Γουίλκοξ, η γεωμετρία του μέρους ήταν εντελώς λάθος.

As Wilcox would have said, the geometry of the place was all wrong.

Δεν μπορούσε κανείς να είναι σίγουρος ότι η θάλασσα και το έδαφος ήταν οριζόντια.

One could not be sure that the sea and the ground were horizontal.

Ως εκ τούτου, η σχετική θέση όλων των άλλων φαινόταν φαντασματικά μεταβλητή.

Hence the relative position of everything else seemed phantasmally variable.

Ο Μπράιντεν έσπρωξε την πέτρα σε πολλά σημεία, χωρίς αποτέλεσμα.

Briden pushed at the stone in several places, without result.

Τότε ο Ντόνοβαν έψαξε απαλά γύρω από την άκρη της πόρτας.

Then Donovan felt delicately over around the edge of the door.

Σκαρφάλωνε ασταμάτητα κατά μήκος του γκροτέσκου πέτρινου γείσου.

He climbed interminably along the grotesque stone molding.

Αν και το αν θα μπορούσε κανείς όντως να το ονομάσει αναρρίχηση είναι αμφισβητήσιμο.

Although, if you could really call it climbing is debatable.

Ίσως η πόρτα ήταν περισσότερο οριζόντια παρά κάθετη.

Perhaps the door was more horizontal than vertical.

Και οι άντρες αναρωτήθηκαν πώς μια πόρτα στο σύμπαν θα μπορούσε να είναι τόσο απέραντη.

And the men wondered how any door in the universe could be so vast.

Τότε, πολύ απαλά και αργά, κάτι άρχισε να συμβαίνει.

Then, very softly and slowly, something began to happen.

Το πάνελ, έκτασης 1,8 στρεμμάτων, άρχισε να υποχωρεί προς τα μέσα στην κορυφή.

The acre-great panel began to give inward at the top.

Και είδαν ότι η πόρτα είχε ισορροπήσει μόνη της.

And they saw that the door had balanced itself.

***

Ο Ντόνοβαν με κάποιο τρόπο κατάφερε να επιστρέψει κατά μήκος της σκάλας.
Donovan somehow propelled himself back along the jamb.
Και όλοι παρακολουθούσαν την αλλόκοτη εσοχή της τερατώδους σκαλισμένης πύλης.
And everyone watched the queer recession of the monstrously carven portal.
Σε αυτή τη φαντασίωση πρισματικής παραμόρφωσης, κινούνταν ανώμαλα με διαγώνιο τρόπο.
In this fantasy of prismatic distortion it moved anomalously in a diagonal way.
Όλοι οι κανόνες της ύλης και της προοπτικής φαίνονταν μπερδεμένοι.
All the rules of matter and perspective seemed confused.
Το διάφραγμα ήταν μαύρο με ένα σκοτάδι σχεδόν υλικό.
The aperture was black with a darkness almost material.
Αυτή η σκοτεινότητα ήταν πράγματι μια θετική ποιότητα.
That tenebrousness was indeed a positive quality.
Οι άντρες γλίτωσαν από το να δουν τα εσωτερικά τείχη.
The men were spared from seeing the inner walls.
Το σκοτάδι ξεχύθηκε σαν καπνός από την αιώνια φυλάκισή του.
The darkness burst forth like smoke from its eon-long imprisonment.
Ο ήλιος σκοτείνιαζε ορατά από το φτερούγισμα μεμβρανωδών φτερών.
The sun was visibly darkened by flapping membranous wings.
Και η σκιά χάθηκε κρυφά στον συρρικνωμένο και ακανόνιστο ουρανό.
And the shadow slunk away into the shrunken and gibbous sky.

Η οσμή που αναδυόταν από τα πρόσφατα ανοιγμένα βάθη ήταν αφόρητη.

The odor arising from the newly opened depths was intolerable.

Ο Χόκινς, με τα γρήγορα αυτιά, νόμιζε ότι άκουσε έναν άσχημο, κυματιστό ήχο.

The quick-eared Hawkins thought he heard a nasty, slopping sound.

Τα αυτιά του επιβεβαιώθηκαν όταν Αυτό εμφανίστηκε αργά και σάλιαζε προς το μέρος του.

His ears were confirmed when It lumbered slobberingly into sight.

Η ζελατινώδης πράσινη απεραντοσύνη του ψαχούλεψε μέσα στο μαύρο διάδρομο.

Its gelatinous green immensity groped through the black hall.

Και η υγρασία και η μυρωδιά του διέσχιζαν την κεκλιμένη πόρτα.

And Its ooze and smell squeezed through the angled door.

Το Πράγμα πήγε στον μολυσμένο αέρα εκείνης της δηλητηριασμένης πόλης της τρέλας.

The Thing went into the tainted air of that poison city of madness.

Ο γραφικός χαρακτήρας του καημένου του Γιόχανσεν παραλίγο να χαλάσει όταν έγραψε γι' αυτό.

Poor Johansen's handwriting almost gave out when he wrote of this.

Νομίζει ότι δύο άντρες χάθηκαν από καθαρό φόβο εκείνη την καταραμένη στιγμή.

He thinks two men perished of pure fright in that accursed instant.

Το Πράγμα δεν μπορεί να περιγραφεί με τη γλώσσα μας.

The Thing cannot be described with our language.

Δεν υπάρχουν λόγια για τέτοιες αβύσσους κραυγών και αμνημονεύτων τρελών.

There are no words for such abysms of shrieking and immemorial lunacy.

Έλντριτς αντιφάσεις κάθε ύλης, δύναμης και κοσμικής τάξης.
Eldritch contradictions of all matter, force, and cosmic order.
Ένα βουνό που περπάτησε και σκόνταψε στη γη. Θεέ μου!
A mountain that walked and stumbled on the earth. God!
Δεν είναι περίεργο που σε όλη τη γη ένας μεγάλος αρχιτέκτονας τρελάθηκε.
No wonder that across the earth a great architect went mad.
Δεν είναι περίεργο που ο καημένος ο Γουίλκοξ παραληρούσε από πυρετό εκείνη τη τηλεπαθητική στιγμή.
No wonder poor Wilcox raved with fever in that telepathic instant.
Το πράσινο, κολλώδες γέννημα των αστεριών περπατούσε στη γη.
The green, sticky spawn of the stars, was walking the earth.
Το Πράγμα των ειδώλων είχε ξυπνήσει για να διεκδικήσει τα δικά του.
The Thing of the idols had awaked to claim his own.
Τα αστέρια ευθυγραμμίστηκαν ξανά, όπως είχε προβλεφθεί.
The stars were aligned again, as was predicted.
Μια πανάρχαια αίρεση είχε αποτύχει στα καθήκοντά της.
An age-old cult had failed in their duties.
Και μια ομάδα αθώων ναυτικών εκπλήρωσε τον ρόλο της κατά λάθος.
And a band of innocent sailors fulfilled their role by accident.
Μετά από εκατομμύρια χρόνια, ο μέγας Κθούλου ήταν ξανά ελεύθερος.
After vigintillions of years great Cthulhu was loose again.
Και τώρα ο μέγας Κθούλου λαχταρούσε από χαρά.
And now great Cthulhu was ravening for delight.
Τρεις άντρες παρασύρθηκαν από τα πλαδαρά νύχια προτού γυρίσει κάποιος άλλος.

Three men were swept up by the flabby claws before anybody turned.

Ο Θεός ας τους αναπαύσει, αν υπάρχει ανάπαυση στο σύμπαν.

God rest them, if there be any rest in the universe.

Ας γίνει γνωστό ότι τα ονόματά τους ήταν Ντόνοβαν, Γκερέρα και Άνγκστρομ.

Let it be known that their names were Donovan, Guerrera and Angstrom.

Ο Πάρκερ γλίστρησε καθώς προσπαθούσε να ξεφύγει.

Parker slipped as he was trying to make his escape.

Οι άλλοι τρεις βυθίζονταν μανιωδώς πίσω στη βάρκα.

The other three were plunging frenziedly back to the boat.

Έτρεξαν πάνω σε ατελείωτες εικόνες από πράσινους βράχους.

They ran over endless vistas of green-crusted rock.

Ο Γιόχανσεν ορκίζεται ότι τον κατάπιε μια γωνία τοιχοποιίας.

Johansen swears he was swallowed up by an angle of masonry.

Μια γωνία που δεν έπρεπε να υπάρχει.

An angle which shouldn't have been there.

Μια γωνία που ήταν οξεία, αλλά συμπεριφερόταν σαν να ήταν αμβλεία.

An angle which was acute, but behaved as if it were obtuse.

Μόνο ο Μπρίντεν και ο Γιόχανσεν κατάφεραν να επιστρέψουν στο σκάφος.

Only Briden and Johansen made it back to the boat.

Οι δύο άντρες είχαν μια στιγμή καλής τύχης.

The two men had a moment of good fortune.

Το ορεινό τερατούργημα έπεσε πάνω στις γλοιώδεις πέτρες.

The mountainous monstrosity flopped down on the slimy stones.

Και το θηρίο δίσταζε παραπατώντας στην άκρη του νερού.

And the beast hesitated floundering at the edge of the water.

Το ατμόπλοιο δεν είχε ξεμείνει εντελώς από αναμμένα κάρβουνα.

The steam boat had not entirely run out of hot coals.

Παρά την αναχώρηση όλων των ανδρών για την ακτή.

Despite the departure of all men for the shore.

Πυρετωδώς οι δύο άντρες όρμησαν πάνω κάτω ανάμεσα στις ρόδες.

Feverishly the two men rushed up and down between wheels.

Ήταν δουλειά μόνο λίγων λεπτών για να πάρει μπροστά η μηχανή.

It was the work of only a few moments to get the engine going.

Ανάμεσα στις παραμορφωμένες φρικαλεότητες εκείνης της απερίγραπτης σκηνής.

Amidst the distorted horrors of that indescribable scene.

Σιγά σιγά η βάρκα τους άρχισε να ανακατεύεται στα θανατηφόρα νερά από κάτω της.

Slowly their boat began to churn the lethal waters beneath her.

Και κινήθηκαν κατά μήκος της τοιχοποιίας της ακτής του οστεοφυλάκου.

And they moved along the masonry of that charnel shore.

Αυτή η παράξενη ακτογραμμή που δεν ήταν από αυτόν τον κόσμο.

That strange coastline that was not from this world.

***

Το τιτάνιο Πράγμα από τα αστέρια σκλάβωνε και φλυαρούσε.

The titan Thing from the stars slavered and gibbered.

Σαν την Πολύφημη που καταριέται το πλοίο του Οδυσσέα που φεύγει.

Like Polypheme cursing the fleeing ship of Odysseus.

Τότε ο μέγας Κθούλου γλίστρησε λιπαρά στο νερό.

Then great Cthulhu slid greasily into the water.

Πιο τολμηρός και πιο τολμηρός από τον θρυλικό Κύκλωπα.

Bolder and more daring than the storied Cyclops.

Ο Κθούλου τους καταδίωξε μέσα στο νερό με κοσμική κίνηση.

Cthulhu pursued them through the water with cosmic movement.

Ο Μπράιντεν κοίταξε πίσω από το πλοίο και άρχισε να γελάει διαπεραστικά.

Briden looked back from the ship and started laughing shrilly.

Από εκείνη τη στιγμή ο Μπράιντεν συνέχισε να γελάει σε περίεργα διαστήματα.

From that moment Briden continued laughing at odd intervals.

Αλλά ο Γιόχανσεν δεν είχε τα παρατήσει ακόμα.

But Johansen had not given up yet.

Ήξερε ότι το πλοίο του δεν είχε καμία πιθανότητα να το ξεπεράσει.

He knew his ship had no chance of outpacing the thing.

Έτσι αποφάσισε να ρισκάρει απεγνωσμένα.

So he resolved on taking a desperate chance.

Φόρτωσε τον κλίβανο και έβαλε τη μηχανή στο μέγιστο των στροφών.

He loaded the furnace and set the engine for full speed.

Και μετά έτρεξε σαν αστραπή στο κατάστρωμα και έστριψε τον τροχό.

And then he ran lightning-like on deck and reversed the wheel.

Υπήρχε ένας δυνατός στροβιλισμός και αφρισμός στην θορυβώδη άλμη.

There was a mighty eddying and foaming in the noisome brine.

Ο ατμός ανέβαινε όλο και πιο ψηλά στον ουρανό.

The steam mounted higher and higher into the sky.

Και ο γενναίος Νορβηγός ανέτρεψε την πορεία της καταδίωξης.

And the brave Norwegian reversed the course of the chase.

Μπροστά του υψωνόταν ο ακάθαρτος αφρός σαν την πρύμνη μιας δαιμονικής γαλέρας.

Before him rose the unclean froth like the stern of a demon galleon.

Οδήγησε το σκάφος του μετωπικά πάνω στη ζελατίνα που τον καταδίωκε.

He drove his vessel head on against the pursuing jelly.

Το απαίσιο κεφάλι καλαμαριού έφτασε σχεδόν μέχρι την πρώρα του γιοτ.

The awful squid-head came nearly up to the yacht's bowsprit.

Αλλά ο Γιόχανσεν συνέχισε να οδηγεί αδιάκοπα κόντρα στους στριφογυριστούς αισθητήρες.

But Johansen drove on relentlessly against the writhing feelers.

Ακούστηκε ένα σκάσιμο σαν να είχε εκραγεί κύστη.

There was a bursting as of an exploding bladder.

Υπήρχε μια μουσκεμένη αηδία σαν σκισμένου ηλιοψαρέματος.

There was a slushy nastiness as of a cloven sunfish.

Υπήρχε μια δυσοσμία σαν από χίλιους ανοιχτούς τάφους.

There was a stench as of a thousand opened graves.

Και υπήρχε ένας ήχος που ο χρονικογράφος δεν αποτύπωσε σε χαρτί.

And there was a sound the chronicler did not put on paper.

Για μια στιγμή το πλοίο μολύνθηκε από ένα καυστικό σύννεφο.

For an instant the ship was befouled by an acrid cloud.

Το πράσινο σύννεφο τύφλωσε τον Γιόχανσεν και τον τρελό.

The green cloud blinded Johansen and the mad man.

Και μετά υπήρχε μόνο ένα δηλητηριώδες, βραστό βέλος προς τα πίσω.

And then there was only a venomous seething astern.

Αλλά ο Θεός στον παράδεισο! Τι είδαν στη συνέχεια οι δύο άντρες;

But God in heaven! What the two men saw next;

Η διάσπαρτη πλαστικότητα εκείνου του ανώνυμου ουράνιου γέννημα.

The scattered plasticity of that nameless sky-spawn.

Το τραυματισμένο πράγμα ανασυνδυαζόταν θολά.

The injured thing was nebulously recombining.

Σύντομα ο Κθούλου θα επέστρεφε στην μισητή αρχική του μορφή.

Soon Cthulhu would be back in its hateful original form.

Αλλά η απόστασή τους μεγάλωνε με κάθε δευτερόλεπτο.

But their distance was widening with every second.

Το πλοίο έπαιρνε ώθηση από τον αυξανόμενο ατμό του.

The ship was gaining impetus from its mounting steam.

Και τελικά η καταραμένη πόλη εμφανίστηκε στον ορίζοντα.

And eventually the cursed city was over the horizon.

***

Δεν προσπάθησε να πλοηγηθεί μετά την τυχερή τους διαφυγή.

He did not try to navigate after their lucky escape.

Η αντίδρασή του είχε αφαιρέσει κάτι από την ψυχή του.

His reaction had taken something out of his soul.

Περνούσε τον χρόνο του συλλογιζόμενος το είδωλο στην καλύβα.

He spent his time brooding over the idol in the cabin.

Φρόντιζε τον γελαστό μανιακό στη βάρκα.

He looked after the laughing maniac in the boat.

Και ασχολήθηκε με μερικά θέματα όπως το φαγητό.

And he attended to a few matters such as food.

Έπειτα ήρθε η καταιγίδα της 2ας Απριλίου.

Then came the storm of April 2nd.

Εκείνη την ημέρα σύννεφα μαζεύτηκαν πάνω από τη συνείδησή του.

On that day clouds gathered over his consciousness.

Υπάρχει μια αίσθηση αγνού και εκλεπτυσμένου παραληρήματος.

There is a sense of pure and refined delirium.

Φασματικός στροβιλισμός μέσα από υγρούς κόλπους του απείρου.

Spectral whirling through liquid gulfs of infinity.

Ζαλιστικές βόλτες μέσα σε ασταμάτητα σύμπαντα
πάνω στην ουρά ενός κομήτη.
Dizzying rides through reeling universes on a comet's tail.
Υστερικές βουτιές από το λάκκο στο φεγγάρι.
Hysterical plunges from the pit to the moon.
Και βούτηξε ξανά από το φεγγάρι στο λάκκο.
And he plunged back again from the moon to the pit.
Μια εκρηκτική χορωδία των παραμορφωμένων,
ξεκαρδιστικών αρχαίων θεών.
A cachinnating chorus of the distorted, hilarious elder gods.
Και τα πράσινα κοροϊδευτικά δαιδαλώδη δαιμονάκια
του Τάρταρου με τα φτερά νυχτερίδας.
And the green bat-winged mocking imps of Tartarus.
Από αυτό το όνειρο προέκυψε η διάσωση· το πλοίο
Vigilant.
Out of that dream came rescue; the ship Vigilant.
Το αντιναυαρχείο και οι δρόμοι του Ντάνεντιν.
The vice-admiralty court and the streets of Dunedin.
Το μακρύ ταξίδι της επιστροφής στο παλιό σπίτι μέσω
του Έγκεμπεργκ.
The long voyage back home to the old house by the Egeberg.
Δεν μπορούσε να πει σε κανέναν τι είχε δει.
He could not tell anyone of what he had seen.
Αν έλεγε την αλήθεια, θα νόμιζαν ότι είχε τρελαθεί.
Had he told the truth they would have thought he had gone
mad.
Έτσι, έγραψε κρυφά για όσα γνώριζε πριν έρθει ο
θάνατος.
So he secretly wrote of what he knew before death came.
«Ο θάνατος θα ήταν ευλογία αν μπορούσε να σβήσει τις
αναμνήσεις.»
"Death would be a boon if only it could blot out the
memories."
Αυτό ήταν το έγγραφο που άφησε πίσω του ο Γιόχανσεν.
That was the document Johansen left behind.
Και τώρα έχω τοποθετήσει αυτό το έγγραφο στο
μεταλλικό κουτί.

And now I have placed this document in the tin box.
Μέσα στο κουτί βρίσκεται και το ονειρεμένο σκαλιστό ανάγλυφο.
In the box is also the dream carved bas-relief.
Και έχω συμπεριλάβει τις εργασίες του καθηγητή Άντζελ.
And I have included the papers of Professor Angell.
Μαζί με αυτό το κουτί θα πάει και αυτός ο δίσκος μου.
With this box shall go this record of mine.
Αυτές οι σημειώσεις έχουν γίνει μια δοκιμασία για τη δική μου λογική.
These notes have become a test of my own sanity.
Αλλά ελπίζω οι ανακαλύψεις μου να μην ξανασυναρμολογηθούν ποτέ.
But I hope my discoveries are never be pieced together again.
Έχω κοιτάξει όλα όσα έχει να κρατήσει το σύμπαν από τρόμο.
I have looked upon all that the universe has to hold of horror.
Αλλά τώρα ακόμη και οι ουρανοί της άνοιξης είναι σκοτεινοί για μένα.
But now even the skies of spring are darkness to me.
Ακόμα και τα λουλούδια του καλοκαιριού είναι για πάντα δηλητήριο για μένα.
Even the flowers of summer are forever poison to me.
Αλλά δεν νομίζω ότι η ζωή μου θα είναι μεγάλη.
But I do not think my life will be long.
Όπως έφυγε ο θείος μου, έτσι θα έρθει και το τέλος μου.
As my uncle went, so shall my end come.
Όπως έφυγε ο καημένος ο Γιόχανσεν, έτσι θα έρθει και η δική μου ώρα.
As poor Johansen went, so shall my time come.
Ξέρω πάρα πολλά, και η αίρεση εξακολουθεί να ζει.
I know too much, and the cult still lives.
Ο Κθούλου ζει ακόμα, μπορώ μόνο να υποθέσω.
Cthulhu still lives, too, I can only suppose.
Υποθέτω ότι ο Κθούλου είναι ξανά σε εκείνο το πέτρινο χάσμα.

I assume Cthulhu is again in that chasm of stone.

Η πόλη που τον προστατεύει από τότε που ο ήλιος ήταν νέος.

The city which has shielded him since the sun was young.

Ξέρω ότι η καταραμένη πόλη του βυθίστηκε για άλλη μια φορά.

I know his accursed city is sunken once more.

Το πλήρωμα του Vigilant έπλευσε πάνω από το σημείο μετά την καταιγίδα του Απριλίου.

The crew of the Vigilant sailed over the spot after the April storm.

Αλλά οι λειτουργοί του στη γη εξακολουθούν να λατρεύουν την επιστροφή του.

But his ministers on earth still worship his return.

Σε ερημικά μέρη συγκεντρώνονται γύρω από το είδωλό τους.

In lonely places they congregate around their idol.

Και ουρλιάζουν, χοροπηδούν και σκοτώνουν σε σατανική τελετουργία.

And they bellow and prance and slay in satanic ritual.

Πρέπει να είχε παγιδευτεί από την βύθιση της μαύρης του αβύσσου.

He must have been trapped by the sinking of his black abyss.

Αλλιώς ο κόσμος θα ούρλιαζε πλέον από φόβο και φρενίτιδα.

Or else the world would by now be screaming with fright and frenzy.

Ποιος ξέρει πώς θα έρθει το τέλος;

Who knows how the end will come about?

Ό,τι έχει ανέβει μπορεί να βυθιστεί, και ό,τι έχει βυθιστεί μπορεί να ανέβει.

What has risen may sink, and what has sunk may rise.

Η αηδία περιμένει και ονειρεύεται στα βαθιά.

Loathsomeness waits and dreams in the deep.

Και η φθορά εξαπλώνεται πάνω στις τρεμάμενες πόλεις των ανθρώπων.

And decay spreads over the tottering cities of men.

Θα έρθει η ώρα που αυτή η πόλη θα αναδυθεί ξανά από
τη θάλασσα.
A time will come where that city rises out the sea again.
Αλλά δεν πρέπει να σκέφτομαι πότε θα έρθει εκείνη η
μέρα!
But I must not think about when that day will come!
Έχω μια προσευχή αν αυτό το χειρόγραφο με ξεπεράσει.
I have one prayer if this manuscript outlives me.
Προσεύχομαι οι εκτελεστές μου να βάλουν την προσοχή
πάνω από την τόλμη.
I pray my executors put caution before audacity.
Προσεύχομαι αυτό το χειρόγραφο να μην το δει κανείς
άλλος.
I pray this manuscript meets no other eyes.
Βρέθηκε ανάμεσα στα έγγραφα του αείμνηστου
Φράνσις Γουέιλαντ Θέρστον, από τη Βοστώνη.
Found among the papers of the late Francis Wayland Thurston,
of Boston.